novum pro

AF165403

ALFRED GUJER

Liebesgeschichten mit
KRIMINALFALL

**Tierwärter in Nöten, Unschuldig im Gefängnis,
Todesfall in Bümpliz.**

www.novumverlag.com

Bibliografische Information
der Deutschen Nationalbibliothek:

Die Deutsche Nationalbibliothek
verzeichnet diese Publikation in
der Deutschen Nationalbibliografie.
Detaillierte bibliografische Daten
sind im Internet über
http://www.d-nb.de abrufbar.

Alle Rechte der Verbreitung,
auch durch Film, Funk und Fernsehen,
fotomechanische Wiedergabe,
Tonträger, elektronische Datenträger
und auszugsweisen Nachdruck,
sind vorbehalten

Gedruckt in der Europäischen Union
auf umweltfreundlichem, chlor- und
säurefrei gebleichtem Papier.

© 2023 novum Verlag

ISBN 978-3-99146-075-6
Lektorat: Theresia Riegler
Umschlagfotos:
Helena Bilkova, Vladimir Ovchinnikov,
Tomas Nevesely, Asawin Kanakasai,
Eugenesergeev I Dreamstime.com
Umschlaggestaltung, Layout & Satz:
novum Verlag

www.novumverlag.com

TIERWÄRTER IN NÖTEN, 1973

»So eine verdammte Scheiße!! Die glauben wohl, sie können mit mir machen, was sie wollen, nur, weil ich nicht viel sage!!« Wutentbrannt trat der damals fünfunddreißig-jährige Tierwärter Toni Brunner in die Stube seiner Wohnung und warf den Rucksack in die Ecke, dass es schepperte.

»Vati, das darf man nicht tun!«, schimpfte Gabi, seine jüngere Tochter, mit mahnend erhobenem Zeigefinger.

Im selben Moment trat die ältere Tochter Karin aus dem Kinderzimmer.

»Vati, du wirst gleich noch wütender werden, wenn du weißt, wo die Mutter ist«, begrüßte sie ihn.

»Ich kann es mir denken«, knurrte Toni und knirschte mit den Zähnen. Eine steile Zornesfalte bildete sich auf seiner Stirn.

Aus der Küche trat eine junge hübsche Frau mit dunklem, gewelltem Haar. Sie war schlank, trug einen grauen Minirock und einen blauen Pullover, darüber hatte sie eine weiße Schürze umgebunden. Überrascht hob Toni die Augenbrauen.

»Du hier?«, fragte er.

»Karin hat angerufen«, antwortete die junge Frau und küsste den Vater zärtlich auf den Mund.

»Wie gesagt, Karin hat angerufen und mich gebeten zu kommen. Ihr hättet fast nichts mehr zu essen im Kühlschrank und die Mutter sei nicht da. Also bin ich gekommen. Wir haben zusammen eingekauft und gekocht.«

Toni atmete tief durch und biss sich auf die Lippen. Die Frauen setzten sich in der Küche an den gedeckten Tisch. Er füllte die rotgeblümten Teller mit Spaghetti, reichte Tomatensauce und Reibkäse, dann setzte auch er sich.

»Was ist im Zoo passiert, dass du so wütend bist?«, fragte die junge Frau gespannt.

Nachdenklich drehte Toni seine Spaghetti auf der Gabel, schaute seine Töchter und die junge Frau an.

»Die Eisbärenanlage im Zoo ist für drei erwachsene Tiere einfach zu klein. Ursprünglich wurde sie als Freigehege für zwei Löwen gebaut. Aber das neue Raubtierhaus nebenan ist so groß, dass es dieses kleine Freigehege nicht mehr brauchte. Kurzerhand wurde es mit Eisbären besetzt, ohne dabei zu bedenken, dass Eisbären doppelt so groß werden wie Löwen.«

Toni schob sich die Gabel mit Spaghetti in den Mund und kaute genüsslich.

»Erzähl weiter«, bat Gabi.

»Die Eisbären streiten viel auf dem kleinen Raum. ›Gib ihnen etwas zum Spielen‹, hat mein Kollege vom Raubtierhaus gesagt. Auch die Besucher murrten: ›Wieso streiten diese Bären immer?‹ Erst getraute ich mich überhaupt nicht. Dann aber ging ich in den Wald und holte große starke Äste, die verkeilte ich während der Reinigung des Freigeheges zwischen den Felsen und spießte Fleisch, Fisch und Brot auf. So, dass sie sich beim Fressen anstrengen mussten. Und siehe da, sie wurden zusehend ruhiger.«

»Das hast du gut gemacht, Vati«, bestätigte Karin.

»Der Zoochauffeur kam dann zu mir. ›Wenn du willst, bringe ich dir eine Ladung voll Äste‹, obwohl mir nicht wohl war, habe ich zugesagt. Er brachte mir die Äste und ich baute den Bären eine Hütte. Am Nachmittag kam dann der Zooassistent, schnauzte mich gleich an. Ich hätte eigenmächtig gehandelt. Das gehe gar nicht. Es könnte sein, dass diese Eigenmächtigkeit Folgen für mich hätte. Ich bekam Angst, denn ich will meine Stelle nicht verlieren.«

»Ich denke, das ist nicht so schlimm«, antwortete die junge Frau. »Die wollen nur nicht zugeben, dass dir eine Lösung eingefallen ist.«

»Die Bären waren ruhig und die Besucher hielten sich länger als sonst vor dem Freigehege auf.«

»Siehst du.«

Die junge Frau räumte den Tisch ab und beschäftigte sich mit dem Abwasch. Es schepperte und klapperte.

»Kann ich dir helfen, Claudia?«

Sie drehte sich zu Toni. Schaute ihn durchdringend an, langsam fuhr sie ihm mit der feuchten Hand durchs Haar.

»Wenn du mir helfen willst, dann ordne dein Eheleben. Du weißt, wo Brigitte ist.« Wiederum biss sich Toni auf die Lippen. »Bei einem Architekten«, knurrte er. Claudia fuhr fort. »Lass dich von ihr nicht behandeln wie der letzte Dreck.«
Es klingelte. Erstaunt blickten sie sich an.
»Wer kann das sein? Brigitte hat einen Schlüssel?«
Claudia hob unwissend die Schultern und hantierte weiter mit dem Geschirr. Danach fuhr sie mit dem feuchten Lappen über das gelbgeblümte Plastiktischtuch. Die Küchenuhr tickte langsam. Sie hörten, dass die Töchter öffneten und mit jemandem sprachen. Plötzlich stand Karin ganz aufgeregt in der Küche.
»Vati? Kommst du mal. Die Polizei.«
»Die Polizei? Was wollen die denn?«
»Ich weiß es nicht. Sie wollen mit dir sprechen.«
Gespannt legte Toni das Geschirrtuch hin und trat in die Stube. Zwei Polizisten in dunkelblauen Uniformen, mit modernen Schirmmützen warteten. Mit ausdruckslosen Augen fragten sie: »Sind Sie Anton Brunner?« Toni bestätigte.
»Sie müssen mit uns kommen. Es geht um Ihre Frau.«
Toni erbleichte, ging in die Garderobe und zog seine Jacke an.
»Geh nur, ich bleibe bei den Mädchen«, sagte Claudia, die aus der Küche in die Stube trat. Ihre Arme um die beiden legte und beruhigend über ihre Haare strich.
»Seid brav«, mahnte er noch. Zusammen mit den Polizisten verließ er die Wohnung. Vor dem Haus stand ein schwarz-weißes Polizeiauto der Marke Volvo. Vom Stubenfenster aus beobachteten Claudia und ihre Nichten, wie Toni mit den beiden Polizisten einstieg und wegfuhren.
»Tanti, warum haben die Polizisten Vati geholt?«, fragte Gabi.
»Soviel ich gehört habe, geht es um eure Mutter.«
»Immer die Mutter, ich hasse sie!«, schnauzte Karin. Ihre blauen Augen blitzten.
»Pst, Karin. Nicht so«, mahnte Claudia.
»Im vergangenen halben Jahr hat sie nichts für uns getan. Ohne dich wären wir längst verhungert«, giftete Karin abermals.

Claudia seufzte und bat ihre Nichten: »Geht ins Zimmer, macht euch bettfertig.«

»Ich kann jetzt nicht schlafen«, protestierte Gabi.

»Wir möchten aufbleiben und warten, bis der Vati wieder kommt«, bettelten die beiden.

»Meinetwegen, aber zieht eure Pyjamas an.«

Die Mädchen gehorchten. Eine Viertelstunde später ließen sie sich mit der Tante auf dem Sofa nieder. Um sich abzulenken, schalteten sie den Fernseher ein. Doch das Abendprogramm war langweilig.

»Was ist wohl mit der Mutter? Was hat sie getan? Natürlich mit einem fremden Mann rumgebumst. Oder ihn betrogen.«

»Oder bestohlen«, meinte Gabi.

Die Mädchen fantasierten die verrücktesten Sachen zusammen. Stunde um Stunde verging. Ihre Geduld wurde auf eine harte Probe gestellt. Die Stubenuhr schlug gerade Mitternacht. Im Fernseher begann das Nachtprogramm, als sie die Wohnungstüre hörten.

»Vati kommt«, sagte Gabi gespannt.

»Mit oder ohne Mutter«, spöttelte Karin.

»Das werden wir gleichsehen«, antwortete Claudia und schaltete das Fernsehgerät aus. In der Garderobe zog Toni seine Jacke aus, hängte sie an den Hacken, trat in die Stube, ohne Mutter. Sein Gesicht war bleich wie Milch, seine Augen blickten verstört umher. Er setzte sich aufs Sofa. Karin und Gabi kuschelten sich an ihn. Er holte sein grün gepunktetes Taschentuch hervor und schnäuzte sich ausgiebig. Was er dann zu berichten hatte, überstieg alles, was sich die Mädchen vorgestellt hatten.

»Wo ist Brigitte?«, fragte Claudia.

Toni stierte vor sich hin, schüttelte den Kopf.

»Die ... die kommt nicht mehr. Die ... die ist im Gefängnis«, stotterte er. »Und dort bleibt sie auch.«

Beruhigend legte Claudia ihre Hand auf seinen Arm und fragte sanft. »Was ist geschehen?«

»Die Polizisten brachten mich auf die Hauptwache. Dort konnte ich mit Kriminalbeamten drei Stunden lang über unsere

Eheschwierigkeiten reden. Vor allem wollten sie wissen, wann die Schwierigkeiten begannen und mit wem Brigitte es trieb. Ich kenne ihn nicht. Ich weiß nur, dass er, wie sie, Architekt ist. Danach sagten sie mir: ›Ihre Frau hat recht, Sie sind unschuldig. Sie haben mit der Sache nichts zu tun. Das spürt man intuitiv.‹[1] ›Darf ich wissen, mit welcher Sache‹, fragte ich. ›der aktuelle Stand ist folgender: Seit ein paar Wochen wurde die Frau des erwähnten Architekten vermisst. Er selbst hat eine Vermisstenanzeige aufgegeben. Merkwürdig war nur, immer wenn die Schwester des Architekten mit ihrem Hund kam, bellte der die unterste Stufe der Kellertreppe, die gemauert war, an. Vorgestern besuchte diese Schwester mit einem Bekannten, der ebenfalls einen Hund besaß, wieder den Architekten. Sie wunderte sich, dass Frau Brunner da war, aber ihre Schwägerin nicht. Die sei verreist, bekam sie zur Antwort. Merkwürdigerweise knurrten und bellten beide Hunde die unterste Kellertreppenstufe an. ›Als wäre da etwas eingemauert, das die Hunde stört‹, sagte ihr Bekannter beiläufig. Da kam der Schwester ein fürchterlicher Verdacht und sie rief die Polizei. Wir schickten unsere Patrouille mit einem Bautrupp in die Villa, die brachen die Stufe auf und machten einen grausigen Fund. Die Frau des Architekten war eingemauert. Durch einen Gebissabgleich konnten wir sie identifizieren. Auch das Messer, mit dem sie erstochen wurde, war eingemauert. Frau Brunner und der Architekt wurden sofort verhaftet. Nach zehnstündigem Verhör haben sie den Mord gestanden. Weil die Gattin Frau Brunner in ihrem Architekturbüro nicht einstellen wollte, haben sie sie kurzerhand umgebracht und eingemauert.‹ Ich war sprachlos, vorsichtig fragte ich: ›Was denken sie, haben sie zu erwarten?‹ ›Lebenslänglich‹, antworteten die Beamten sachlich. Danach haben mich die Polizisten wieder nach Hause gefahren.«

---

1 intuitiv = auf einer Vermutung beruhend, unterbewusst, aus dem Bauch heraus. Entscheidungen oder Urteile werden also gefühlsmäßig getroffen.

Toni schwieg. Es war still in der Stube. Nur die Stubenuhr tickte gleichmäßig, als wäre nichts geschehen. Karin starrte fassungslos vor sich hin. Auch Claudia war schockiert. Gabi dagegen war in seinem linken Arm eingeschlafen. Toni hielt sich die Hand vor den Mund und gähnte.

»Ich bin müde. Ich will ins Bett. Schließlich habe ich morgen Sonntagsdienst.«

»Willst du unter diesen Umständen nicht absagen?«

»Nein, gerade jetzt nicht. Was soll ich zu Hause herumhocken?«

Er hob Gabi auf die Arme, trug sie ins Kinderzimmer, legte sie ins untere des zweistöckigen Etagenbettes, das mit vielen Tierbildern beklebt war und deckte sie zu. Karin trat an ihren kleinen hellbraunen Schreibtisch, der ebenfalls mit Zootieren überklebt war, nahm aus der obersten Schublade die Bürste, kämmte vor dem großen Spiegel, der an der Türe des Kleiderschrankes befestigt war, ihre langen Haare und band sie mit einem schwarzen Gummiband zu einem Rossschwanz. Dann kletterte sie das Leiterchen hoch und legte sich ins Bett. Herzlich umarmte sie ihren Vater.

»Vati, das schaffen wir auch ohne Mutter. Im Notfall ist Tante Claudia da.«

Ein dunkles Rot glitt über Tonis schmales kantiges Gesicht. »Mit dir kann ich ja offen sprechen. Ich werde mich scheiden lassen.«

Karin strahlte. Umarmte ihren Vater abermals, legte sich hin, deckte sich zu.

»Schlaf gut«, murmelte er, löschte das Licht und verließ das Kinderzimmer.

2. Kapitel

Der Sonntag war hell und klar. Nachdem sich der Frühnebel gelichtet hatte, schien die Sonne in einem kräftigen Gelbton über die herbstlich bunten Wälder und grünen Wiesen vom Zürichberg. Es war still. Nur die Vögel trillerten. Ein Specht hämmerte irgendwo. Gegen Mittag betraten Gabi und Karin mit der Tante den Zoo. Alle drei waren im Schwesternlook gekleidet. Grüne Bluse, rotweiß karierte Jacke, brauner Faltenminirock mit gerundetem Saum, weiße Kniestrümpfe und weiße Schuhe. Claudia trug weiße Stiefel.

Obwohl es Sonntag sowie Herbstferien war, mussten sie nicht lange an der Kasse anstehen. Als sie den Hauptweg zum Restaurant hochgingen, kam ihnen Toni in Begleitung des Betriebsassistenten entgegen. Sein Gesicht war angespannt. Vor dem Restaurant grüßten sie sich kurz. Der Betriebsassistent wandte sich an Toni.

»Also, Herr Brunner, wenn Ihnen nicht wohl ist, gehen Sie nach dem Mittagessen nach Hause.«

»Nein, ich arbeite weiter. Auch in den nächsten Tagen. Zuhause komme ich nur ins Grübeln, das kann ich nicht brauchen«, antwortete Toni scheu.

»Nun gut, dann werde ich Sie weiterhin im Dienstplan eintragen.«

Sie verabschiedeten sich, gingen zum Essen. Im gut besetzten Restaurant roch es nach Braten, Gemüse, Pommes frites und Speiseeis. Toni und Claudia ließen sich das Sonntagsmenü, Braten mit Sauce, dazu Nudeln mit Gemüse, schmecken. Gabi und Karin nahmen Schnitzel mit Pommes frites, dazu Salat. Beiden lief das Wasser im Munde zusammen, als sie sich setzten. Toni hatte einen Liter Coca-Cola für die Familie gekauft. Er war gerade am Einschenken, als Claudia fragte: »Wie ging's?«

»Das Verbrechen stand bereits im *Sonntags Blick*. Der Betriebsassistent, der heute extra in den Zoo kam, wusste, dass es in meiner Ehe nicht mehr stimmte. Und den Kollegen fiel die Abkürzung B.B. auf. ›Hast du was mit Brigitte Bardot?‹, hänselten sie mich. Nein, meine Frau heißt Brigitte Brunner. ›Und das ist

deine Frau?‹, fragten sie mich. ›Ja leider‹, bestätigte ich. Deshalb wünschte der Betriebsassistent, dass ich nach Hause gehe. Aber ich will nicht. Das habt ihr ja mitbekommen.«
»Ich meine nicht das. Ich meine die Sache mit den Bären?«
Toni nahm eine Gabel voll Nudeln in den Mund, kaute genüsslich, antwortete dann fast verlegen: »Das hat sich heute Morgen erledigt. Der Betriebsassistent hatte nichts dagegen. Das nächste Mal solle ich ihm oder dem Direktor meinen Wunsch oder meine Vorstellung direkt mitteilen. Dann könne man darüber reden. Die Drohung des Zooassistenten über mögliche Konsequenzen sei nicht böse gemeint. Er sei halt noch jung und forsch.«
»Bravo, Vati«, klatschte Karin. »Ich will die Hütte sehen, Vati?«
»Oje, die Bären haben die Hütte zerzaust und liegen mehr drauf als drunter. Aber morgen werden wir aus starken Weiden eine stabile Hütte erstellen. Zwischen den Sträuchern verstecken wir dann Brot und Fische, die die Bären mit ihrem ausgezeichneten Geruchsinn finden, dann sind sie beschäftigt.«
Nach dem Mittagessen spazierte die Familie Richtung Raubtierhaus. Obwohl Toni wusste, dass seit heute Morgen von seinen Arbeitskollegen über ihn und seine schreckliche Frau getuschelt wurde, hängte er seiner um zwölf Jahre jüngeren Schwägerin Claudia ungeniert ein. An seiner rechten Hand spazierte Gabi, an Claudias linker Seite schlenderte Karin. Vor dem Eisbärenfreigehege blieben sie stehen. Die Sonne hatte ihren Zenit überschritten und schien bereits schräg auf die Anlage. Faul und behäbig lag ein Bär auf der oberen Rampe, halb unter der zerzausten Hütte. Die beiden anderen schwammen gemächlich ihre Runden im Wasserbecken, das vor der unteren Rampe lag und gegen die Besucher hin mit einer hohen Mauer abgesperrt war. Als sie Toni erblickten, stiegen sie aus dem Wasser, schüttelten sich, blickten die Besucher an und wiegten gespannt mit dem Körper hin und her. Ein tiefes, röhrendes Brummen kam aus ihren mächtigen Schnauzen. Danach warfen sie die Köpfe ruckartig in die Höhe, als würden sie Toni herwinken. Gabi und Karin lachten. Auch der dritte Bär wurde lebendig und begrüßte seinen Revierwärter mit scharenden Bewegungen der linken Vorderpfote.

Toni verabschiedete sich von Claudia, Karin und Gabi und verschwand im Haus.

Claudia setzte mit den Mädchen ihren Zoobesuch fort. Bis sie nach 16 Uhr wieder beim Eisbärengehege anlangten. Die Eisbären erhielten ihr Hauptfressen im nicht öffentlichen Dienstgebäude.

»Was macht ihr noch?«, fragte Toni, der nach Fleisch, Fisch und Raubtier roch.

»Wir gehen ins Restaurant und essen eine Kleinigkeit, dann warten wir auf dich.«

»In Ordnung.«

Die Sonne versank langsam hinter den Waldungen von Gockhausen. Der Himmel verfärbte sich milchig, danach grau. Um 18.15 Uhr begann es zu dunkeln. Toni, der sich umgezogen sowie gekämmt hatte, machte sich mit seiner Familie auf den Heimweg. Aber seine Kleider rochen noch immer nach Raubtier. Zu Hause setzte er sich wie jeden Sonntag, wenn er Dienst hatte, in die Badewanne und seifte sich ab. Dabei sang er eine Arie nach der anderen.

Sechs Monate später fand der Prozess gegen seine Frau und den Architekten vor dem Zürcher Schwurgericht statt. Beide wurden wie erwartet zu lebenslanger Haft verurteilt. Toni ließ sich scheiden und brach den Kontakt zu Brigitte komplett ab. Wenig später heiratete er seine ehemalige Schwägerin und zog mit ihr und den Töchtern in eine größere Wohnung. Neun Monate später schenkte Claudia Brunner einem gesunden Jungen das Leben.

ENDE

Der Geschichte liegen zwei Fälle zugrunde. Erster Fall: Februar 1934 in der Nähe von Delsberg. Das spurlose Verschwinden von Hans Lauper. Hartnäckige Beamte der Berner Kantonspolizei klärten den Fall nach 19 Jahren auf. Zweiter Fall: Richter Hold (erfunden). Die Ermordung von Frau Doktor Franziska Ahlsfeld und der Haushälterin Erna Braun am 3. Dezember 2004 im Bärlach Wald, München.

UNSCHULDIG IM GEFÄNGNIS, 1975

Auf dem schmalen Waldweg, oberhalb der Wirtschaft Ziegelhütte in Zürich-Schwamendingen, schritt ein junges Pärchen munter Stettbach bei Dübendorf zu. Es war Freitagnachmittag Mitte September. Am Waldrand färbten sich die Blätter der Laubbäume, die vereinzelt zwischen den Tannen standen, langsam gelb. Die blonde Frau hob den Kopf, als sie über sich ein kräftiges Rauschen vernahmen. Und deutete mit dem Finger zum Himmel.
»Schau Lukas. Der Sommer ist endgültig vorbei. Die Schwalben machen sich auf den Weg in wärmere Gefilde.«
Lukas Graf hob ebenfalls den Kopf und nickte. Sie blieben kurz stehen. Gemeinsam beobachteten sie, wie der große Vogelschwarm Richtung Süden zog. Dann gingen sie weiter.
Lukas hatte an einer Autorenversammlung teilgenommen, obwohl sein Roman nicht fertig war. Diese hatte in der Wirtschaft Ziegelhütte stattgefunden. Jetzt begleitete er seine Braut Marianne bis zu einer gewissen Stelle im Wald, wo sie sich immer mit einem Kuss verabschiedeten und Marianne die letzten Meter zum Anwesen ihres Großvaters alleine weiterging. Nachdem sie heute Mittag ihre Frauenärztin aufgesucht hatte, und über mögliche Konsequenzen eines ersten Sexualkontaktes aufgeklärt wurde, hatten sie beschlossen, es nicht bei einem Kuss bewenden zu lassen. Sondern das erste Mal miteinander zu schlafen. Die Stelle war dazu bestens geeignet. Links und rechts des Weges wuchs zwischen den Bäumen dichtes Farnkraut, in dem man sich gut verstecken konnte. Dazu lag der Weg in einer leichten Biegung. Etwaige Spaziergänger konnte man schon von weitem sehen.
»Kein Mensch«, raunte Lukas, als sie die Stelle erreichten, und zog Marianne ins Gebüsch.
Sie setzten sich ins weiche Moos. Im Farnkraut war das Licht dämmrig. Vom Flughafen her hörten sie das entfernte dunkle Brummen der aufsteigenden Flugzeuge. Sonst war es still.
Sanft begann er Marianne zu streicheln und auszuziehen.

»Wollen wir es nicht verschieben«, fragte sie ängstlich.
»Warum willst du es hinauszögern? Ich liebe dich und möchte heute«, drängte Lukas.
»Ich ja auch. Aber ich habe gehört, dass man beim ersten Mal ins Schwitzen kommt. Ausgerechnet heute haben wir eine Familienzusammenkunft in Dübendorf und ich möchte nicht, dass Mutter etwas merkt.«

Obwohl sie längst erwachsen war, fürchtete Marianne immer noch ihre strenggläubige Mutter.

»Ich habe Feuchttücher und ein großes Taschentuch bei mir«, beruhigte Lukas sie. Und so gaben sie sich engumschlungen ihrer Liebe hin. Ihre Körper glühten und sie achteten nicht auf die Umgebung.

Eine gute Stunde später trockneten sie ihre verschwitzten Körper mit den Tüchern. Sie zogen sich an und traten auf den Weg. Mit einem innigen Kuss verabschiedeten sie sich.

»Morgen Mittag am Glattstegweg!«, rief Marianne ihm noch zu und verschwand um die Wegbiegung.

Glücklich drehte sich Lukas um und lief zurück zur Versammlung. Als er aus dem Wald trat, startete drüben in Kloten eine DC 10. Das Dröhnen der Düsen überdeckte, was hinter ihm geschah. Als er die Wirtschaft wieder erreichte, versank die Sonne hinter dem westlichen Gebirgszug. Es dunkelte und die Autorenversammlung hatte sich fast aufgelöst. Kurz entschlossen verabschiedete er sich und machte sich auf den Heimweg. Mit dem Gedanken: *An Weihnachten werden wir heiraten*, schlief er ein.

2. Kapitel

Am nächsten Mittag wunderte er sich.
»Es ist schon 11.45 Uhr durch und Marianne ist nicht da. Sie ist sonst die Pünktlichkeit in Person.«
»Sie kommt schon«, beruhigte seine Mutter. Um 12.30 Uhr klingelte es an der Haustüre.
Mit den Worten »Sie kommt!«, sprang Lukas an die Tür und riss sie auf. Zwei Polizisten in dunkelblauen Uniformen und modernen Schirmmützen standen davor.
»Sind Sie Lukas Graf?«, fragten sie streng.
»Ja, warum?«
»Im Namen des Gesetzes, Sie sind verhaftet«, sagte der Polizeiwachtmeister. »Ziehen Sie sich an und kommen Sie mit.«
»Leisten Sie keinen Widerstand, sonst müssen wir Ihnen Handschellen anlegen«, schnarrte der zweite Polizist.
»Um Gottes willen was ist denn geschehen!«, rief Frau Graf.
»Sind Sie die Mutter?«, fragte der Polizist.
»Ja, was denken Sie denn? Was hat Lukas getan?«
»Bleiben Sie hier«, sagte der Wachtmeister ruhig.
Danach führten sie Lukas zum Polizeiauto, stiegen ein und fuhren weg. Sie brachten ihn auf die Hauptwache von Zürich, ins Vernehmungszimmer. Ein kahler weißgestrichener Raum. In der Mitte stand ein Tisch, drumherum vier Stühle. Auf dem Tisch war ein schwarzes Tonbandgerät. Die Polizisten forderten Lukas auf, sich mit dem Rücken zur Tür zu setzen. Kurz darauf traten zwei ältere Kriminalbeamte ein, bedankten sich bei den uniformierten Polizisten, die daraufhin den Raum verließen. Der eine Beamte hatte ein A4-Mäpplein in der Hand, der andere schaltete das Tonband ein, nahm das Mikrofon in die Hand, hielt es vor den Mund und schnarrte:»Samstag, 20. September 1975, Polizeihauptwache Vernehmungszimmer, 13.45 Uhr.« Dann setzten sie sich. Gezielt begannen sie die Befragung.
»Herr Graf, wo waren Sie gestern Nachmittag?«

»An der Autorenversammlung in Schwamendingen« gab Lukas gelangweilt, aber innerlich gespannt zur Antwort.
»War Fräulein Balsiger dabei?«
»Nicht die ganze Zeit.«
»Warum nicht?«
»Sie war noch bei ihrer Ärztin.«
»Gingen Sie durch den Wald?«
»Ja.«
»Wann?«
»So gegen 16 Uhr, genau weiß ich es nicht mehr.«
»Warum gingen Sie durch den Wald?«
Lukas schüttelte entrüstet den Kopf. »Erstens ist es der kürzeste Weg zum Anwesen von Mariannes Großvater in Stettbach und zweitens wollten wir«, Lukas atmete tief durch, »miteinander schlafen.«
»Aha!«, schnauzte der zweite Beamte. »Hatten sie den Strick schon dabei?«
»Welchen Strick?«
Der erste Kripobeamte winkte ab und fragte.
»Sie behaupten also, dass Sie mit Fräulein Balsiger geschlafen haben?«
»Jawohl.«
»Wollte Fräulein Balsiger das auch?«
»Natürlich, deshalb war sie bei ihrer Ärztin. Holen sie Marianne her, sie wird es Ihnen bestätigen.«
»Das hat noch Zeit«, wiegelte der erste Beamte ab, während der zweite ein überraschtes Gesicht machte.

Plötzlich erinnerte sich Lukas an etwas, schnell sagte er: »Zu Hause in meiner Sonntagshose muss noch das große Taschentuch sein, mit dem wir uns gereinigt haben.«

Der Beamte nickte und schaltete das Tonband aus. Mit dem Telefon rief er einen Polizisten, der sperrte Lukas in eine der drei Zellen, die im hinteren Teil der Hauptwache untergebracht waren. Währenddessen holten der Kripobeamte und sein Assistent persönlich Lukas' Sonntagshose mit besagtem Taschentuch.

Den Rest des Nachmittages verbrachte er in der Zelle und wusste nicht warum. Die Wände waren verschmiert. Aus dem festgemauerten Scheißhafen in der Ecke müffelte es nach Urin. Lukas setzte sich auf die festgeschraubte Pritsche unter dem vergitterten Fenster, stützte den Kopf in die Hände und versuchte, seine Gedanken zu ordnen: *Was ist mit Marianne? Warum ist sie nicht gekommen? Und jetzt diese merkwürdige fast endlose Fragerei der Polizisten?* Lukas wurde nicht schlau daraus. Um 18 Uhr bekam er endlich etwas zu essen. Porridge. Eine Haferschleimpampe. Er mochte sie zwar nicht besonders, doch er war hungrig, seit dem Frühstück hatte er nichts mehr zu sich genommen. Danach schlief er in den Kleidern ein. Die Ruhe währte nur kurz. Der Schlüssel drehte sich im Schloss. Die Tür ging lärmend auf.

»Die sollten Sie mal ölen«, bemerkte Lukas.

Der Zellenwärter gab keine Antwort. Er brachte ihm eine Decke, ein Pyjama, das ihm viel zu groß war, und einen kleinen, batteriebetriebenen Rasierapparat.

»Ich bin an Nassrasuren gewöhnt«, bemerkte Lukas.

»Die gibt's hier nicht. Das ist zu gefährlich. Sie könnten sich damit die Pulsadern aufschneiden«, antwortete der Wärter.

»Ich verstehe. Wie lange muss ich hierbleiben?«

»Am Montag kommt der Staatsanwalt mit dem Untersuchungsrichter.«

»Was wird mir eigentlich vorgeworfen?«

Der Wärter blickte Lukas mit seinen dunklen Augen kurz an, hob die Hände und antwortete sachlich. »Das weiß ich nicht.«

Der Sonntag kam Lukas endlos vor. Am Morgen nach dem Scheißhafen leeren, dass im Gefängnis Kübeln genannt wurde, bekam er Kaffee und Brot, am Mittag eine Bohnensuppe. Am Abend wieder Kaffee, Brot und ein Stücklein Käse. Ansonsten saß er den ganzen Tag herum, zermarterte sich das Hirn und wunderte sich, dass Marianne ihn nicht schon längst abgeholt hatte. In der Nacht machte ihm die Bohnensuppe zu schaffen. Zweimal musste er auf den Scheißhafen. Da er die Fenster nicht öffnen konnte, stank es bestialisch.

Endlich, am Montagmorgen nach dem Kübeln und Rasieren, wurde er punkt 8 Uhr im Vernehmungszimmer dem Staatsanwalt vorgeführt. Der saß am oberen Ende des Tisches. Ein breitschultriger Mann mit Stirnglatze. Er blätterte in einem kleinen Aktenstoß. Dann schaltete er das Tonband ein und murmelte ins Mikrofon: »Montag, 22. September 1975, Polizeihauptwache Vernehmungszimmer, 8.02 Uhr.« Neben ihm war eine zierliche Polizistin als Protokollschreiberin. Vis-à-vis der Schreiberin hatte sich mit wichtiger Miene der Untersuchungsrichter niedergelassen und klopfte mit dem Kugelschreiber einen Marsch auf sein Aktenheft.

Lukas setzte sich wieder mit dem Rücken zur Tür, dem Staatsanwalt gegenüber. Als die Polizisten den Raum verlassen hatten, räusperte sich dieser. Mit unbeweglicher Miene fragte er Lukas geradeheraus: »Warum haben Sie am Freitagabend Fräulein Balsiger umgebracht?«

Lukas blieb fast das Herz stehen. »Das kann doch nicht sein!«, stöhnte er auf und schlug sich die Hände vor das Gesicht. Gespannt beobachteten ihn der Staatsanwalt und der Untersuchungsrichter.

»Was ist in Ihnen vorgegangen?«, schnarrte der Untersuchungsrichter.

»Nichts!«, rief Lukas.

»Fühlten Sie sich erlöst, als Sie Fräulein Balsiger den Strick um den Hals legten?«, fragte der Staatsanwalt streng.

»Was meinen Sie?«

»Ach, kommen Sie. Sie wissen genau, was ich meine.«

Verblüfft starrte Lukas ihn an.

»So, wie Sie es in ihrer Romangeschichte beschrieben haben?«

»Woher wissen Sie das?«

»Ihr Manuskript wurde heute Morgen bei Ihnen zu Hause durch die Polizei sichergestellt.«

Gequält blickte Lukas die beiden Männer an. Dann durchzuckte ihn ein Schlag. Sein Herz und Magen krampften sich zusammen. Und er begriff.

Die versuchen dir einen Mord anzuhängen, dachte er.

Als der Staatsanwalt fragte: »Haben Sie den Strick und das Messer schon dabeigehabt?«, streckte sich Lukas.

»O nein, das lasse ich mir nicht anhängen«, wehrte er sich entschieden.

»Warum sind Sie ausgerechnet am Freitagabend mit Fräulein Balsiger durch diesen Wald gegangen und nicht unten herum? Durch die Dübendorf Straße?«

»Das habe ich am Samstag schon den Kriminalbeamten erklärt. Erstens ist es der kürzeste Weg zum Anwesen ihres Großvaters und zweitens.«

»Ja, weiter.«

»Und zweitens ... wollten wir das erste Mal miteinander schlafen«, murmelte Lukas leise.

»Wollte das Fräulein Balsiger auch?«

»Auch das habe ich am Samstag den Beamten schon erzählt. Es müsste in den Akten stehen.«

»Ich will es aber von Ihnen hören«, zischte der Staatsanwalt.

»Natürlich. Was denken Sie denn?«

»Was ich denke. Dass Sie ganz schön ins Schwitzen kommen. Mit Ihren Lügen.«

»Ich lüge nicht«, schnauzte Lukas und trocknete mit dem Taschentuch seine Stirn.

»Sie sind Seiler? Haben Sie denn Strick schon dabeigehabt?«, schnarrte der Untersuchungsrichter ärgerlich.

»Nein! Verdammt nochmal. Ich hatte keinen Strick dabei!«, schnauzte Lukas abermals.

»Das finden wir schon heraus. Wir haben sehr gute Gerichtsmediziner.«

»Tun Sie, was Sie nicht lassen können. Ich für meinen Teil möchte jetzt auf jeden Fall einen Anwalt sprechen. Das ist mein Recht.«

»So, Sie wollen einen Anwalt sprechen? Ich bin immer der Meinung gewesen, dass nur Schuldige Anwälte sprechen wollen.«

»Das behaupten Sie«, antwortete Lukas störrisch.

»Sie täten gut daran zuzugeben, dass Sie Fräulein Balsiger umgebracht haben«, feixte der Staatsanwalt.

»Hab ich aber nicht«

»Im Übrigen kann ich Sie achtundvierzig Stunden festhalten, ohne dass ein Anwalt eingeschaltet werden muss. Das ist unser Recht«, plärrte der Untersuchungsrichter.
»Wo hatten Sie eigentlich das Messer her?«, wollte der Staatsanwalt wissen.
»Welches Messer?«
»Na das, womit Sie sie erstochen haben.«
»Ich besitze kein Messer. Nicht einmal ein Militärmesser. Ich hab mit Marianne geschlafen, bin weggegangen und hab sie nie wieder gesehen.«
»Sie geben also zu, dass Sie der Letzte waren, der Fräulein Balsiger lebend gesehen hat?«
»Ich gebe gar nichts zu. Und der Letzte war ich auch nicht. Das war nämlich der Mörder?«
»Ja. Sehen Sie, jetzt sind wir schon einen Schritt weiter. Sie geben also zu, dass Sie der Mörder sind?«
Lukas erschrak. Mit diesen Wortspielereien hatte er nicht gerechnet.
»Das habe ich nicht gesagt!«, schrie er verzweifelt.
Der Staatsanwalt schaltete wütend das Tonbandgerät aus. Telefonierte mit den Zellenwärtern. Die sperrten Lukas wieder in die Zelle. Er war ganz durcheinander, mochte nicht essen und nicht denken. Er schwitzte. Intuitiv spürte er: »Die versuchen dir, auf Teufel komm raus, etwas anzuhängen. Du musst aufpassen, wenn du da herauskommen willst.«
Am späteren Nachmittag führte ihn der Wärter wieder ins Vernehmungszimmer. Anwesend waren der Untersuchungsrichter, der Staatsanwalt und die Protokollführerin. Abermals wurde das Tonband eingeschaltet. Datum, Ort und Zeit ins Mikrofon gesprochen. Der Staatsanwalt nahm etwas aus seiner Mappe und legte es auf den Tisch. Es raschelte. Ein weißes Damenhöschen verpackt in einem Plastiksäckchen. Am Bund waren drei rote Herzchen angenäht. Im Schritt war es zerschnitten und mit getrocknetem Blut verschmiert. Der Staatsanwalt sagte mit kalter Stimme: »Schauen Sie es an. Das kennen Sie. Das hat Fräulein Balsiger getragen. Als Sie sie umgebracht haben.«

»O nein«, stöhnte Lukas auf und blickte zur Seite. Er kannte es gut, dieses Höschen. Krampfhaft versuchte er, die Gedanken zu verdrängen, die aufkamen. Und hoffte im Stillen, dass Marianne nicht leiden musste. Gleichzeitig las ihm der Untersuchungsrichter eine Stelle aus seinem Manuskript vor: »Eine heiße Woge der Erlösung überkam ihn, als er ihr langsam das Messer in den Leib rammte.«
Abermals stöhnte Lukas auf. Hielt sich die Ohren zu, schloss die Augen und legte seinen Kopf auf die Tischplatte. In diesem Augenblick verfluchte er sein Manuskript. Gespannt beobachteten der Untersuchungsrichter und der Staatsanwalt ihn. Kurz war es still im Vernehmungszimmer. Lukas hob seinen Oberkörper, schaute die beiden Männer an, blickte aufs Höschen und sagte mit kläglicher Stimme: »Ich war es nicht. Bitte glauben Sie mir.«
Ärgerlich schaltete der Staatsanwalt das Tonband aus, telefonierte. »Morgen geht es weiter«, meinte er nur.
Wie in Trance folgte Lukas dem Polizeiwärter in die Zelle. Der nächste Tag war schrecklich. Lukas hatte fast nicht geschlafen, er versuchte die ganze Nacht zu begreifen, dass seine geliebte Marianne nicht mehr da war. Er nicht mehr mit ihr lachen, mit ihr sprechen konnte. Sie nicht mehr küssen durfte. Heiß stieg es in ihm auf, als er daran dachte. *Sie wird auch nie deine Frau werden.* Er heulte die halbe Nacht vor Schmerz und Erschöpfung.
Einer der Kriminalbeamten und der Staatsanwalt setzten ihm erneut zu. Wollten Einzelheiten über das Messer wissen, die er nicht kannte. Immer in Gegenwart von Mariannes Höschen. Müde und erschöpft gestand er am Nachmittag.
»Ja, ich habe sie erstochen.«
Nur, um nicht mehr dieses zerschnittene blutverschmierte Höschen anzusehen.
»Sehen Sie, das war doch gar nicht so schwer«, meinte der Staatsanwalt befriedigt. »Sie bekommen jetzt einen Anwalt. Den brauchen Sie.«
»Ich hab kein Geld für einen Anwalt«, seufzte Lukas.
»Sie bekommen einen Pflichtverteidiger.«
Fünf Wochen musste er auf seinen Prozess warten und Mariannes Beerdigung ging ohne ihn vorbei.

3. Kapitel

Lukas lag auf seiner Pritsche im geschlossenen Trakt[2] der Strafanstalt Regensdorf. Es war Nacht. Er beobachtete die Lichter, die in seine Zelle leuchteten, wenn Autos oben am Hang durch die große Kurve ins Dorf herunterfuhren. Seine Gedanken wanderten zurück zur Gerichtsverhandlung. Schon am ersten Tag, da er seinen noch jungen und gerichtsunerfahrenen Pflichtverteidiger sprechen durfte, riet ihm dieser: »Ich glaube Ihnen, dass Sie unschuldig sind. Widerrufen Sie deshalb unverzüglich Ihr Geständnis.«

»Nein! Ich kann und mag nicht mehr. Mariannes blutverschmiertes, zerschnittenes Höschen verfolgt mich bis in den Schlaf.«

»Das verstehe ich. Sind Sie sicher, dass das Wäschestück tatsächlich Fräulein Balsiger gehörte?«

»Hundert Prozent. Es gehörte Marianne. Übrigens ist es beschriftet.«

»Aber es wäre besser, Sie würden widerrufen. Das Geständnis belastet Sie nämlich.«

»Nein, ich will nicht. Ich vertraue auf das Gericht.«

»Gut, ich kann Sie nicht zwingen und werde tun, was in meiner Macht steht. Aber es wird schwierig.«

Und es kam so. Nur wenige Zeugen wurden befragt. Und Lukas wurde das Gefühl nicht los, dass diese Zeugen, vor allem seine Mutter und die älteste Schwester Heidi, recht abgeputzt wurden, als sie zu seinen Gunsten aussagten.

»Erzählen Sie nicht so einen Stuss. Die Gerichtsmedizin hat genau bewiesen, dass das Opfer erwürgt wurde«, schnauzte der Richter seine Mutter an. »Außerdem hat der Angeklagte ein Geständnis abgelegt.«

---

[2] Geschlossener Trakt = Block für Schwerverbrecher.

»Das wurde erzwungen von dummen Polizisten und dilettantischen Staatsanwälten«, trotzte die Mutter wütend. Und bekam prompt eine Buße über 50 Franken wegen ungebührlichem Verhalten aufgebrummt.

Und dann dieser Gerichtsmediziner. Lukas dachte mit Schaudern an den großgewachsenen Mann aus Winterthur. Selbstsicher wie ein Fürst war er aufgetreten und hatte beschrieben, wie Marianne gewürgt wurde, weil sie angeblich den Sex verweigerte. Und das nur, weil auf dem Polizeifoto, das von Mariannes Leichnam gemacht wurde, Druckspuren an ihrem Hals zu sehen waren, die als Strangulationsspuren gedeutet wurden. Sein Pflichtverteidiger war machtlos dagegen. Jede seiner Eingaben wurde abgelehnt.

Auch Frau Balsiger glaubte dem Gerichtsmediziner. Und behauptete entschlossen, ihre Marianne sei ein anständiges Mädchen und ließe sich nie zu profanem[3] Sex hinreißen.

»Sie wurde gezwungen!«, schrie sie laut in den Saal.

So wurde Lukas zu lebenslanger Haft verurteilt und saß nun hier. Er würde nie vergessen, wie sich die schwere Tür für viele Jahre hinter ihm schloss. Sein Geld wurde ihm abgenommen und verschlossen, ebenso die Kleider, die er trug. Er bekam Schuhe und Kleider von der Anstalt. Nur seinen Freundschaftsring, den er zusammen mit Marianne gekauft hatte, durfte er behalten.

»Ich will einen Bogen Papier und einen Kugelschreiber«, sprach er am ersten Samstag seine Wärter nach dem Kübeln an.

Der Direktor persönlich brachte ihm das Gewünschte.

»Sie können gleich hierbleiben und es mitnehmen.«

Im Beisein seines Direktors und den beiden Wärtern widerrief er unmissverständlich sein von der Polizei und Staatsanwalt erzwungenes Geständnis. Lukas schrieb es in zweifacher Ausführung. Übergab dem Direktor ein Exemplar. Das Zweite behielt er für sich.

---

3 profan = weltlich, nicht religiösen Zwecken dienend.

»Sie wollen wohl die ganze Stadt gegen sich aufbringen?«, meinte der Direktor kalt und sachlich.

Und so kam es auch. Kaum hatten die beiden großen Tageszeitungen *NZZ* und *Blick* mit der Schlagzeile: »Schwamendinger Mörder widerruft sein Geständnis« die Neuigkeit publik gemacht, schieden sich die Geister. Lukas' Verteidiger und der Staatsanwalt gerieten im Gerichtsgebäude, als sie aufeinandertrafen, in eine heftige Diskussion.

»Ich hätte es Ihnen gleich sagen können, dass mein Mandant nach dem Prozess sein Geständnis widerruft. Sie haben nämlich keine richtigen Beweise. Ihre Polizei hat schlampig ermittelt.«

»Sie ... Sie, ich verbiete mir das. Unsere Polizei arbeitet genau. Und sollten Sie wirklich in die Schule gegangen sein, dann sollte Ihnen klar sein, dass Sie verpflichtet sind, Einzelheiten zu melden von der die Staatsanwaltschaft nichts weiß. Sonst könnte es nämlich sein, dass Sie am selben Ort landen wie Ihr Mandant.«

»Drohen können Sie, aber sonst ist nicht viel mit Ihnen.«

»Das ist mir egal. Das Urteil steht, ist rechtskräftig und ich bin zufrieden.«

Die große, schweigende Mehrheit der Leser schloss sich dem Staatsanwalt an. Auch Frau Graf, Lukas' Mutter, wurde durch Telefonanrufe terrorisiert. Besonders von Frau Balsiger.

»Wie kann Ihr Sohn dieses schreckliche Verbrechen immer noch leugnen?«

»Glauben Sie mir, Frau Balsiger. Weil er unschuldig ist.«

»Der Gerichtsmediziner hat es genau bewiesen und ich glaube ihm.«

»Ach, der ist doch bestochen.«

»Da sieht man es. Wie die Mutter, so der Sohn«, schnauzte Frau Balsiger.

Der kleine, denkende Teil der Leser nahm heimlich Partei für Lukas. Und freute sich an der Schlammschlacht zwischen der Staatsanwaltschaft und der Verteidigung, die in den Zeitungen herumgereicht wurde. Doch das Interesse erlosch bald. Denn Lukas konnte zur Untermauerung seines Widerrufes keine handfesten Beweise liefern.

Monate und Jahre vergingen. Lukas war ruhig, hatte keine Mühe mit den täglich gleichen Verrichtungen in seiner Zelle, die Arbeits- und Schlafplatz zugleich war. Obwohl er sich nie an das Gefängnis gewöhnen konnte. Des Nachts kreisten seine Gedanken immer darum: *Wie kann ich meine Unschuld beweisen?* Nach fünf Jahren kam er in den halboffenen Vollzug. Das bedeutete, er durfte zum ersten Mal seine Zelle verlassen und nach kurzer Einführung in der Schneiderei arbeiten. Obwohl er gelernter Seiler war, gefiel ihm die Arbeit, und die Mitinsassen ließen ihn in Ruhe. Auch durfte er einmal in der Woche Besuch empfangen. Meistens die Mutter. Ab und zu besuchte ihn auch sein Pflichtverteidiger. Ihr Gespräch drehte sich dann immer um das Gleiche.

»Herr Graf, können Sie sich vorstellen, wer für den Mord in Frage kommt?«

»Nein, überhaupt nicht.«

»Aber irgendetwas müssen Sie sich doch denken? Schließlich haben Sie Ihr Geständnis widerrufen.«

»Weil ich es nicht war. Das ist für mich das einzig Sichere.«

Sie jagten sich im Kreis herum und kamen zu keinem Ergebnis. Entnervt meinte der junge Verteidiger: »Ich kann und will Sie nicht mehr vertreten. Sie müssen mir schon etwas liefern.«

»Das kann ich aber nicht.«

Damit war die Sache erledigt. Und sein Pflichtverteidiger besuchte ihn nicht mehr. Dafür besuchte ihn heute seine ältere Schwester Heidi. Zusammen mit ihrem Mann.

Denn sie hatte in der Zwischenzeit geheiratet. Als sie sich im Besucherraum gegenübersaßen, schaute sie ihn lange an. Puderte ihr feines Näschen. Hüstelte und fragte: »Lukas, ich will nur eines wissen. Hast du Marianne umgebracht?«

»Nein.«

Heidi atmete hörbar auf und strich mit der Hand erleichtert über ihr kurzgeschnittenes braunes Haar.

»Glaubst du mir?«, fragte Lukas gespannt.

»Du hast mich noch nie belogen. Ich glaube dir. Aber ich bin froh, dass unser Vater das nicht mehr erleben musste.«

»Der hätte mir bestimmt auch geglaubt, wenn er nicht vor sieben Jahren gestorben wäre.«

Heidi stützte den Kopf auf die Hände und nickte leicht.

»Was willst du jetzt tun?«, fragte der Schwager.

»Ich weiß es nicht«, murmelte Lukas leise.

»Vielleicht können wir dir helfen«, sinnierte Heidi. »Obwohl ich im Moment auch nicht weiß, wie. Aber da muss es doch einen Weg geben.« Sie ballte die Faust und schaute ihren Mann durchdringend an.

»Ich bin Versicherungsberater, kein Rechtsanwalt«, sagte der Schwager und lächelte fast entschuldigend.

4. Kapitel

Acht Jahre saß Lukas nun schon im Gefängnis. An seiner hoffnungslosen Situation hatte sich nichts verbessert. Immer mulmiger wurde ihm zumute, wenn er daran dachte, dass er unschuldig war. *Der wahre Mörder läuft noch frei herum. Du weißt das. Wenn er wieder zuschlägt, egal wen es trifft, dann bist du schuld daran. Aber was soll ich dagegen tun?* Eine Ohnmacht ohnegleichen überkam ihn.

Auch ärgerte er sich auch über das blöde Geschwätz seiner Arbeitskollegen, dass die Schneiderei, in der er so gerne arbeitete, geschlossen werden sollte.

»Warum denn?«, fragte er einen Mithäftling.

Mit wichtiger Miene erklärte dieser: »Och, ganz einfach. Das große Warenhaus, das uns die Kleidungsstücke abnahm, sucht einen neuen Lieferanten. Somit ist unsere Arbeit demnächst überflüssig.«

»Weißt du das genau?«

»Genau? Genau ist nur das Gekacke im Scheißhafen.«

»Also nur ein Gerücht.«

»Ja, aber es wird überall geredet.«

»Reden Sie nicht so viel und arbeiten Sie«, schnauzte der Wärter, ohne auf das Gespräch der beiden einzugehen.

In Gedanken vertieft arbeitete Lukas weiter und hoffte, dass das Ganze nur ein Latrinengerücht war. Und doch schien es so zu sein, wie der Mithäftling erklärte. Denn die Kleiderlieferungen an das Warenhaus hatten in den letzten Monaten tatsächlich erheblich nachgelassen.

Ein Lichtpunkt im tristen Gefängnisalltag war das Essen. Braten mit Teigwaren und Salat. Gekochte Eier auf Rahmspinat oder Schnitzel mit Pommes frites und Salat. Das war durchwegs gut. Lukas war zufrieden, bis auf die Bohnen oder, besser gesagt, die Bohnensuppe. Die machte ihm andauernd zu schaffen. So auch in der Nacht auf den 10. Juli 1983. Lukas alarmierte mit dem Rufknopf den Wärter. Der öffnete ihm mit der elektronischen

Schaltung das Fenster, dass der scheußliche Gestank entweichen konnte, und brachte ihm eine Durchfalltablette. Er erholte sich am nächsten Tag, einem regnerischen Sonntag, und beschloss, fortan auf die Bohnen zu verzichten.

Am Montagmorgen wurde er schon erwartet. Wie er die Schneiderei betrat, rief ihm sein Zellennachbar zu: »Hallo, Graf! Du hast Konkurrenz bekommen. Irgendjemand hat am Samstagabend deine Methode abgeguckt und angewendet!«

»Lassen Sie das«, schnauzte der Wärter den Sprecher an. Doch der lachte nur.

Lukas trat auf die Gruppe zu, die um den Zuschneide Tisch standen. Auf dem Tisch lag eine geöffnete Anstaltszeitung. Der Wärter faltete sie zusammen, gab sie Lukas.

»Lesen Sie selber«, meinte er sachlich. Dann klatschte in die Hände und rief: »Los, los an die Arbeit.«

Lukas setzte sich an seinen Arbeitsplatz und las: »Am frühen Sonntagvormittag wurde im Hönggerwald eine weibliche Leiche mit Schnittverletzungen im Genitalbereich gefunden. Ersten Ermittlungen zufolge wurde die Frau erstochen. Noch kann die Polizei nicht sagen, um wen es sich handelt, und bittet die Bevölkerung um Hinweise.«

Lukas saß da, sein Kopf war völlig leer. Die Zeitung lag in seinem Schoß. Er zitterte. Sie rutschte aus seinen Händen, über seine Knie und fiel zu Boden. Sein Zellennachbar hob sie auf, legte sie auf den Tisch und fragte: »Na, was sagst du dazu. Das ist doch deine Methode?«

»Verdammt nochmal, ich hatte keine Methode!«, schrie Lukas.

»He, hier wird nicht rumgeschrien«, mahnten die beiden Wärter. Etwas ruhiger fuhr Lukas fort: »Es geht dich zwar nichts an, aber ich habe Marianne nicht umgebracht. Ich habe sie geliebt. Ich bin unschuldig.«

»Warum sitzt du dann hier?«

»Weil das Gericht, aus welchen Gründen auch immer, falsch urteilte.«

»Das sagen alle. Bei mir hat das Gericht demnach auch falsch geurteilt.«

»Ach, lass mich in Ruhe.«

»Kommt, kommt. Redet nicht so viel, arbeitet«, rief der Wärter, der beim großen Tisch ein dunkelgrünes Jackett zuschnitt.

Der Zellennachbar flüsterte: »Deine Braut wurde doch aufgeschlitzt?«

»Aber nicht von mir«, raunte Lukas und hantierte an seiner Nähmaschine.

»Wer kennt denn deine Methode?«

»Hör auf, das ist nicht meine Methode!«, zischte Lukas. Plötzlich schrak er innerlich zusammen. Hörte auf zu nähen und starrte vor sich hin. Heiß stieg es in ihm auf. Merkwürdige Gedanken jagten durch seinen Kopf. *Mein Zellennachbar hat recht, ich habe Marianne nicht umgebracht.* Und die Frau im Hönggerwald sowieso nicht. Und doch weisen beide dieselben Verletzungen auf. Merkwürdig.

»Ob es doch eine Methode gibt? Aber von wem?«, murmelte er vor sich hin.

In den nächsten Tagen und Wochen war Lukas nervös. Er biss sich auf die Lippen, als er in der Anstaltszeitung las, die Polizei habe die Identität der Toten festgestellt. Es handelte sich um Frau Rosmarie Tanner. Mariannes Tante mütterlicherseits.

Irgendjemand musste beide gekannt haben. Aber wer? Das blieb für Lukas noch lange ein Rätsel.

Ein Jahr nach dem Hönggermord – die Polizei war in ihren Ermittlungen kein bisschen weitergekommen – besuchte ihn seine Mutter. Während Lukas ruhig auf seinem Stuhl im Besucherraum saß, fuhr sich Frau Graf mit den Fingern äußerst gereizt durchs dunkelgraue Haar.

»Wer oder was hat dich so aufgeregt, Mama?«

»Nachdem wir aus der Zeitung erfuhren, wer das Opfer war, haben wir monatelang darüber geredet. Dabei erkannten Heidi und ich immer deutlicher einen Zusammenhang zwischen den beiden Morden.«

»Ich auch Mama, ich auch. Aber was kann ich tun? Ich bin im Gefängnis.«

»Eben das ist es ja. Du warst im Gefängnis, als die Frau im Hönggerwald umgebracht wurde. Das ist nachgewiesen. Und

Marianne hast du auch nicht umgebracht. Das weiß ich und glaube ich. Ergo läuft der wahre Täter noch frei herum.«
»Diese Gedanken sind mir auch schon gekommen«, murmelte Lukas. »Habt ihr etwas unternommen?«
»Ja. Wir sind mit unseren Vermutungen zur Polizei gegangen. Weißt du, was diese Holzköpfe gesagt haben?«
»Nein. Aber du wirst es mir gleich erzählen.«
»›Wenn Sie so sicher sind, dass der Mörder noch frei ist, dann bringen Sie ihn uns.‹ Solche Polizisten haben wir in Zürich! Und dafür zahlt man noch Steuern!«

Frau Graf wurde dermaßen laut und ausfallend, dass der Aufseher sie zur Ruhe mahnen musste. Nachdem sie sich beruhigte, meinte sie: »Du brauchst als Erstes einen guten Anwalt. Nur weiß ich nicht welchen. Wenn Priska einmal aus Amerika kommt, werde ich sie fragen. Die kann helfen. Ihr Mann arbeitet bei der Bundespolizei FBI oder so ...«

»FBI heißt das, Mama«, verbesserte Lukas seine Mutter. »Priska ist verheiratet? Das wusste ich gar nicht.«

»Ja, seit einem Vierteljahr«, antwortete Frau Graf ruhig. Energisch fuhr sie fort: »Du wirst sehen, wir holen dich raus.«

»Das wäre schön. Aber da ist noch Frau Balsiger, die glaubt immer noch, ich hätte ihre Tochter getötet.«

»Kümmere dich nicht darum, wenn Priska kommt, spreche ich mit ihr. Kopf hoch, mein Junge.« Sanft, fast scheu, strich sie ihm mit der Hand durchs Haar und verabschiedete sich. Voller Zuversicht kehrte Lukas an jenem Abend in seine Zelle zurück.

5. Kapitel

Wieder waren zwei Jahre vergangen. Lukas und seine Mitinsassen erfuhren durch die Anstaltsleitung, dass die Schneiderei tatsächlich geschlossen wird. Nicht nur das. Es ist geplant an derselben Stelle eine neue Strafanstalt zu bauen. Die jetzige Anstalt sei überaltert und unpraktisch. In -zehn bis zwölf Jahren solle die Neue bezugsbereit sein.

»Groß und hell wird sie«, meinte Lukas, nachdem die ersten provisorischen Pläne in der Anstaltszeitung erschienen.

»Nicht so zusammengeschachtelt wie die Jetzige. Und anscheinend auch stabile Mauern, da werden unsere Ausbrecherkönige keine Freude haben«, antwortete der Zellennachbar.

»Was meinst du damit?«

»Wenn du die heutigen Mauern nur anhustest, fliegen sie auseinander.«

»Da hast du recht. Auch moderne Toiletten mit Spülung werden gebaut.«

Während Lukas und seine Zellennachbarn über die neue Anstalt fachsimpelten, fuhr Frau Graf zum Flughafen. Tochter Priska hatte ihre Ankunft gemeldet. Nun saß Frau Graf zappelig und aufgeregt in der Empfangshalle. Endlich kam Priska durch die große Tür beim Zoll, ein kleines Köfferchen in der linken Hand.

»Hallo, Mama«, rief sie schon von weitem. Herzlich umarmten sich die beiden Frauen.

»Priska, mein Kind. Ich kann dir gar nicht sagen, wie froh ich bin, dich zu sehen. Und Lukas wird sich auch freuen. Wo hast du deinen Mann?«

»Langsam, Mama, langsam. Ich komme vorerst alleine und bleibe höchstens einen Monat. Ich will heute Nachmittag Lukas besuchen. Ich habe ihm etwas Wichtiges mitzuteilen.«

Damit verließen die beiden Frauen eiligen Schrittes den Flughafen und fuhren nach Hause. Frau Graf war so aufgeregt und stotterte: »Ich ... ich mag nicht kochen. Ich lade dich ins Café Glatt ein.«

»Einverstanden, Mama. Wie geht es Heidi? Und Lothar?«
»Gut, sie sind vor einem Jahr Eltern geworden.«
»Super. Dann bin ich Tante.«
»Und John Onkel«, ergänzte Frau Graf.
»Ist es ein Bub oder Mädchen?«
»Ein süßer Junge mit demselben Stupsnäschen und himmelblauen Augen wie Heidi und hellbraunem Haar wie Lothar.«
»Süß, ich freue mich, sie zu besuchen«, schwärmte Priska. Geheimnisvoll ergänzte sie. »Aber erst will ich zu Lukas.«

Heiß stach die Sonne auf die Gebäude und Mauern der Strafanstalt, als die beiden Frauen am späteren Nachmittag in Regensdorf ankamen. Die Luft flimmerte vor dem eisernen Tor. Selbst im Vorraum und im Besucherraum war es warm, trotz geöffneter Fenster. Lukas erschien in brauner Hose und blauem Hemd, ohne Weste. Unsicher blieb er vor seiner Schwester stehen.

»Hallo, Priska, gut siehst du aus.«

Als Priska Anstalten machte, Lukas zu umarmen, wehrte er ab. »Lass das. Das wird hier nicht gern gesehen«, murmelte er mit einem bedeutsamen Blick zum Aufseher hinüber.

Priska begriff. Sie gaben sich die Hand und setzten sich.

»Wo hast du deinen Mann? Mama hat mir schon vor geraumer Zeit erzählt, dass dein Mann beim FBI arbeitet. Und dass Ihr mich rauspauken wollt?«

»Das ist richtig. John konnte nicht mitkommen. Sie bearbeiten einen wichtigen Fall. Aber John ist im vergangenen Jahr 40 Jahre alt geworden und kommt nun ins sogenannte Austauschsemester.«

»Was bedeutet das?«

»Alle Beamten im Außendienst kommen, wenn sie sich eignen und das nötige Alter erreicht haben, ins Austauschsemester. Das heißt, John, zum Beispiel, wird 1988 gegen zwei Polizisten der Zürcher Stadtpolizei ausgetauscht. Der Grund ist simpel. Sie sollen lernen, wie andere Polizei-Institutionen funktionieren.«

Lukas wischte sich mit seinem Taschentuch den Schweiß von der Stirn und murmelte: »Beherrscht John die deutsche Sprache?«

Priska wiegte mit dem Oberkörper leicht hin und her und antwortete: »Nicht perfekt, aber in zwei Jahren sitzt es. Ich übe fleißig mit ihm.«

»Also muss ich es hier noch eine ganze Weile aushalten. Trotzdem freue ich mich auf meinen Schwager. Man sagt, das FBI löst Fälle, die anderswo als unlösbar gelten.«

Priska lächelte verlegen, hob den Mahnfinger und meinte. »Du darfst dir natürlich keinen Clint Eastwood, also sturen Einzelkämpfer, vorstellen. John wird mit den Beamten der Zürcher Stadtpolizei zusammenarbeiten. Und bei Gelegenheit wird er seine Erfahrung einbringen.«

»Das kann nicht schaden«, schimpfte die Mutter, die ruhig zugehört hatte. Schrill ertönte die Glocke und sie verabschiedeten sich.

Vier Wochen später, Priska war wieder abgereist, erhielt Lukas Besuch von seiner Schwester Heidi und dem Schwager Lothar. Sie waren in Begleitung einer jungen Frau.

»Wer ist das?«, fragte Lukas überrascht.

»Kennst du deine eigene Cousine nicht mehr?«, berichtete Heidi aufgeregt. »Das ist Anita. Anita Keller«

»Das ist Anita?«, staunte Lukas. »Groß und hübsch bist du geworden«, meinte er ehrlich. Ein dunkles Rot lief über Anitas Gesicht. Verlegen fuhr sie mit der Hand durch ihr langes braunes Haar, das sie offen trug.

»Warum bist du so aufgeregt?«, wandte sich Lukas an seine Schwester.

»Du weißt, Lothar ist Versicherungsberater«, berichtete Heidi. Aufmerksam nickte Lukas. »Nachdem Priska vor einer Woche einen hervorragenden Anwalt gefunden hatte, meldete sich Lothar gleich bei seiner Versicherung und beantragte einen Kredit über 160 000 Franken, weil er wusste, je mehr Personen rückzahlungswillig sind, umso besser. Und die Aussicht besteht. Wenn wir deine Unschuld beweisen können, kommt das Geld wieder zurück. So wurde ihm der Kredit bewilligt. Anita arbeitet auch bei der Versicherung und hilft mitbezahlen. Deshalb ist sie heute anwesend.«

Überrascht blickte Lukas seine Cousine an, die ihren Kopf schnell zur Seite drehte. Und verlegen mit ihren Fingern spielte.

»Wie heißt der Anwalt?«, fragte Lukas.

»Doktor Hans Bachmann aus Kloten.«

»Kenne ich nicht.«

»Er will vorläufig noch kein Geld. Erst will er dich kennenlernen und sich einarbeiten. Ich werde das Geld verwalten. Wenn es dir recht ist?«, fragte Lothar.

»Einverstanden.«

In den nächsten Monaten meldete sich Doktor Bachmann einmal pro Woche bei Lukas. Langsam arbeitete sich der stämmige dunkelhaarige, stets gutgekleidete Herr in den Fall ein. Obwohl Lukas glaubte, auch ihm keine Hilfe sein zu können. Aber gerade das spornte Doktor Bachmann an. Er fand im Prozess kleine Verfahrensfehler: Die Polizeifotos waren nicht korrekt. Die untere Hälfte fehlte. Und Lukas staunte, als er erstmals im Polizeibericht, dessen Einsicht Doktor Bachmann erzwungen hatte, von einer Entlastungsakte 12 las.

»Ich habe nie etwas davon gehört.«

»Es muss sie aber geben. Sie ist im Polizeibericht erwähnt. Ich werde den beiden Polizisten, die die Erstuntersuchung führten, einmal auf den Zahn fühlen.«

»Die sind schon im Ruhestand.«

»Umso besser. Da haben sie Zeit sich zu erinnern.«

Voller Hoffnung lag Lukas an jenem Abend auf der Pritsche und beobachtete die Lichter, die in seine Zelle leuchteten. Doch er wurde enttäuscht. Der erste und ebenso der zweite Antrag seines Anwaltes um ein Wiederaufnahmeverfahren wurde von der Staatsanwaltschaft Zürich sang- und klanglos abgelehnt.

6. Kapitel

Abermals vergingen zwei Jahre. An einem kalten Regentag räumten Lukas und seine Mithäftlinge die Schneiderei.
»Was soll daraus werden?«, schnauzte Jaggy, der als der Anstaltsphilosoph bekannt war.
»Ein Küchenprovisorium«, antwortete der Aufseher gelassen.
»Himmel nochmal, wenn die Gefangenen dauernd fressen, braucht es bald breitere Türen. Auch für den ehrenwerten Herrn Direktor und sein Gefolge.«
»Lassen Sie das«, schnauzte der Aufseher mit blitzenden Augen. Lukas und sein Zellennachbar konnten sich ein Lachen nicht verkneifen. Am nächsten Tag meldete Lukas sich in der Werkstatt.
»Sie werden der Seilerei zugeteilt«, eröffnete ihm der Oberaufseher.
»Ob das gut geht? Ich arbeite seit 13 Jahren nicht mehr auf dem Beruf.«
»Das wird schon gehen. Fahrradfahren verlernt man auch nie.«
»Das Bumsen auch nicht«, antwortete Lukas' neuer Mithäftling kalt, der wegen schwerer Vergewaltigung inhaftiert war und das erste Mal im offenen Vollzug arbeitete. Lukas ließ sich nicht in eine Diskussion ein. Schon gar nicht jetzt. Da er das Gefühl hatte auf Wolken zu schweben. In den letzten Monaten besuchte ihn seine Cousine Anita oft allein. Schon beim ersten Mal spürte er, dass sein Herz schneller schlug, wenn er sie im Besucherraum erblickte.
»Warum besuchst du mich so oft?«
Über ihre Wangen glitt ein dunkles Rot bis hinauf unter ihr braunes Haar. Was sie noch hübscher machte, als sie schon war.
»Einfach so.« Sie schluckte.
»Das glaube ich dir nicht«, antwortete er neckisch. Fasste ihre Hände und freute sich, dass sich das Rot in ihrem Gesicht noch verstärkte. Zitternd fuhr er ihr über die Wange. An jenem

Abend stand er vor seinem vergitterten Fenster und blickte sinnend über den Hof.

»Liebt sie mich, dass sie mich so oft besucht?«, flüsterte er in die einbrechende Nacht und beobachtete die Autos, die über den Hügel ins Dorf hinunterfuhren. Linkerhand am Rande der Anstalt, wo der Wald begann, waren die ersten Bagger aufgefahren. Dort hatte man begonnen, die große Mauer und die ersten Zellenblöcke für die neue Anstalt zu bauen.

Ob ich das wohl erlebe oder endlich rauskomme? Was hat mein Anwalt am Telefon gemeint? Er hätte eine Neuigkeit für mich?

Im vergangenen Juni war Lukas von seiner ganzen Familie inklusive Doktor Bachmann besucht worden. Fast feierlich wurde ihm sein Schwager John Benson, auf den er so große Hoffnungen setzte, vorgestellt. John hatte bereits seine Arbeit bei der Zürcher Polizei aufgenommen. In der *Neuen Zürcher Zeitung* hatte ein kleiner Artikel über diesen Austausch gestanden.

An einem kalten Tag Ende Februar besuchte ihn nicht nur sein Anwalt, auch John war dabei. Diesmal nicht im Besucherraum, sondern im Theoriesaal des ehemaligen Krankenhauses. Etliche Akten lagen auf dem Tisch.

»Setzen Sie sich«, begrüßte ihn Doktor Bachmann freundlich. Dann räusperte er sich geheimnisvoll. »Erstens, Sie wissen, dass ich herausgefunden habe, dass das Polizeifoto, aus welchem Grund auch immer, halbiert wurde. Meine Sekretärin hat es zusammengesetzt und Kopien erstellt. Nun habe ich eine Kopie meinem alten Studienkollegen Doktor Jadox in Lausanne, Spezialist für Gerichtsmedizin, zukommen lassen.«

»Was hat er gemeint?«, fragte Lukas gespannt. Tief holte Doktor Bachmann Luft.

»Er war entsetzt. ›Was? Strangulationsspuren? Und der Mann sitzt wegen Mordes schon fünfzehn Jahre im Gefängnis? Das sind keine Strangulationsspuren, sondern Abdrücke, die entstehen, wenn Äste oder Blätter stundenlang auf einem toten Körper ruhen. Das werde ich Ihnen in den nächsten Monaten beweisen.‹ Vorgestern erhielt ich die ersten Fotos von Dr. Jadox' Versuchen, die seine Theorie untermauern. Die ich umgehend

mit dem nötigen Kommentar der Staatsanwaltschaft schickte. Sie sehen also Herr Graf. Die Aussagen des Gerichtsmediziners aus Winterthur sind falsch.«
»Gott sei Dank«, murmelte Lukas leise.
»Es geht weiter. Zweitens hat nun Ihr Schwager Ihnen etwas zu sagen.«
Gespannt blickte Lukas John an. Der streckte sich auf seinem Stuhl, öffnete ein Dokument und legte Fotos und Pflanzenbilder auf den Tisch. Rein optisch hatte John Benson wirklich etwas von einem einsamen Kämpfer à la Clint Eastwood. Er war gut 1,90 Meter groß, hagere Gestalt, kantiges Gesicht und blondgrau melierte Haare. Nur seine elegante Kleidung, Hemd und Krawatte, passten nicht so recht zum Western Look. Auch trug er keine Waffe, jedenfalls nicht sichtbar. Er hörte aufmerksam zu und erklärte die Dinge sachlich.

»Ich habe von deinem Anwalt ein komplettes Polizeifoto erhalten«, begann er in gutem Deutsch. »Dabei ist mir eine sträfliche Nachlässigkeit der Zürcher Stadtpolizei aufgefallen.«

Er holte ein Vergrößerungsglas aus der Tasche und hielt es Lukas hin.

»Hier auf ihrem Bauch.«

»Das sieht aus wie Staub?«, murmelte Lukas.

»Yes, erst glaubte ich, es wäre Staub. Doch unter dem Vergrößerungsglas.« Krampfhaft blickte Lukas durch das Glas.

»Das ist kein Staub. Das sind Pflanzen«, bemerkte er.

»Genau. Pflanzen. Die freundliche Sekretärin deines Anwaltes hat mir die Bauchpartie abgelichtet und vergrößert. Dann habe ich mich zusammen mit Zürcher Polizisten bei einem Forstamt gemeldet. Der dortige Förster bestätigte uns. Das sind Gänseblümchen, Bellis perennis. Die kommen in Wiesen, Weiden und Rasen vor, nicht aber im Wald.«

Plötzlich stutzte Lukas, legte Bild und Glas auf den Tisch. Stierte vor sich hin.

»Ist Ihnen etwas eingefallen?«, hörte er seinen Anwalt reden.

Lukas nickte. »Es ist aber schon lange her. Ich ging damals noch zur Schule.« brummelte er, legte seinen Kopf auf den Arm.

Vor seinem geistigen Ohr hörte er helles Mädchenlachen. Und vor seinem geistigen Auge erschien ein Bild. Ein zappelndes Mädchen, das von einem Jungen gekitzelt wurde. Danach legte ihr der Junge eine Handvoll abgerissene Gänseblümchen auf den Bauch, mit den Worten: »Jetzt sind wir verlobt.« Das Mädchen wischte die Pflanzen energisch weg und schimpfte: »Spinnst du. Was bildest du dir ein?«, worauf der Junge wütend reagierte und das Mädchen am Haar zupfte. Lukas setzte sich wieder gerade hin und erzählte den beiden Männern die Begebenheit.

Worauf John ein weiteres Polizeifoto, das auf dem Tisch lag, nahm und es Lukas hinstreckte.

»Das ist das Bild der Toten aus dem Hönggerwald vor sieben Jahren. Wenn du genau hinschaust, hat sie nicht nur eine zerschnittene Scheide. Auch sie hat Gänseblümchen auf dem Bauch.«

Überrascht betrachtete Lukas das Bild.

»Tatsächlich.«

»Wissen Sie, wie der Junge mit den Gänseblümchen hieß?«, fragte Doktor Bachmann mit unbeweglichem Gesicht.

»O ja. Er hieß Bernhard Fuchs. War einmal mein Schulfreund. Und das lachende
Mädchen war Marianne Balsiger.«

Es war plötzlich still im Theoriesaal. Die drei Männer starrten sich an, als wäre ihnen Christus erschienen. Dann räusperte sich Doktor Bachmann.

»Diesen Bernhard Fuchs werde ich ausfindig machen und ihm auf den Zahn fühlen.«

»Das werde ich mit dem Suchdienst der Polizei in die Wege leiten«, ergänzte John.

Sie räumten ihre Dokumente zusammen und verabschiedeten sich. Lukas ging in die Zelle zum Mittagessen. Am Abend lag er auf der Pritsche, starrte zur Decke. Leise flüsterte er: »Beni, wenn du das wirklich warst? Warum hast du Marianne das angetan?« Noch bekam er keine Antwort darauf.

Monate vergingen. Eines Morgens, als er in die Werkstatt trat, standen der Aufseher und drei Mitgefangene bei der provisorisch eingerichteten Besenbinderei und gestikulierten. Lukas

hörte Wortfetzen wie »unschuldig«, »Richter«, »Sauhund«. Er ging auf die Gruppe zu. Da schnauzte der Vergewaltiger und ballte die Faust: »He Graf. Warum lässt du dir das von diesem Stinktier gefallen?«
»Reden Sie anständig«, mahnte der Aufseher.
»Wovon sprichst du?«, fragte Lukas staunend.
»Du bist unschuldig, mein Junge. Lies selbst.« Er reichte ihm die Anstaltszeitung.

Lukas nahm die Zeitung und las, dass die Tageszeitung *Blick* unter der Rubrik *Sensationen* eine Bombe platzen ließ: »Unschuldiger sitzt seit fünfzehn Jahren im Knast. Nach langwierigen Vorbereitungen und Ermittlungen, bei denen ein FBI-Beamter aus New York der Zürcher Polizei zeigte, wo es lang geht, und die Staatsanwaltschaft Zürich ins Schleudern brachte, konnte gestern in Aarau ein vierzigjähriger Mann verhaftet werden. Gleich auf der Fahrt nach Zürich gestand er den Mord an der damals zweiundzwanzigjährigen M.B. aus Schwamendingen. Beim Winterthurer Gerichtsmediziner, der damals als Gutachter amtete und die Behauptung aufstellte, M.B. sei erdrosselt worden, wird das große Zittern ausbrechen, denn diese Behauptung ist nun nachweislich falsch. Ebenfalls zittern wird der heute achtzigjährige Richter, bei dem nach dringenden Verdachtsmomenten eine Hausdurchsuchung angeordnet wurde, die erfolgreich verlief. In seinem Safe fanden die Polizisten die im Polizeibericht erwähnte Entlastungsakte 12 des Angeklagten, die der damals fünfundsechzigjährige Richter kurzerhand verschwinden ließ, um rechtzeitig in Pension zu gehen.«

Lukas stand wortlos da. Er war völlig überrascht. Dann atmete er erleichtert auf. Gedankenverloren gab er die Zeitung zurück, ging in den hinteren Teil, wo die Seilerei untergebracht war, und machte sich an die Arbeit. An jenem Abend besuchte ihn Anita, wiederum allein. Sie saßen da und plauderten.

»Deine Mutter wollte mitkommen«, begann Anita. »Doch ich hab sie gebeten, zuhause zu bleiben. Ich möchte dich etwas Wichtiges fragen. Allein. Erst starrte sie mich an, dann meinte sie: ›Aha, ich habe begriffen‹, und lächelte fein.«

Kurz schluckte Anita, fasste seine Hände und fragte mit glühendem Gesicht: »Lukas, ich weiß ich bin nur deine Cousine, aber ich liebe dich. Wollen wir heiraten?«

Überrumpelt drückte Lukas ihre Hände und stammelte: »Seltsam. Es kommt nicht überraschend. Ich habe auch schon daran gedacht, mich aber nicht getraut. Ja, Anita, ich will.« Liebevoll strich er ihr über die Wangen.

Befreit atmete Anita auf. »Wo wollen wir heiraten?«

»Hier in der Anstaltskapelle?«

»Einverstanden.«

Nachdem sie sich mit einem Wangenkuss verabschiedeten, ging Lukas beschwingt zurück in die Zelle.

Sie liebt mich wirklich. Das ist der schönste Lichtblick im tristen Alltag. Ich denke, Marianne würde es verstehen. Gedankenverloren blickte er seinen Freundschaftsring an. *Ich werde ihn als Erinnerung behalten. Anita wird, dass verstehen.*

Kurz darauf besuchte ihn sein Anwalt, um ausführlich zu berichten.

»Doktor Bachmann, ich bin ganz durcheinander. Über das, was ich in der Zeitung gelesen habe.«

»Das glaube ich Ihnen. Es ist viel, was in nächster Zeit auf Sie zukommt. Teilweise sehr Unschönes. Wussten Sie, dass Sie bei Ihrem einzigen Sex mit Fräulein Balsiger vom Mörder genau beobachtet wurden?«

»Nein, wir haben niemand gesehen. Wo hat er sich versteckt?«

»Neben dem Platz, der mit viel Farn überwachsen war, liegt ein kleiner Hügel, dahinter hat er sich verborgen. Er liebte Fräulein Balsiger ebenfalls.«

»Das hab ich gewusst. Oder geahnt.«

»Herr Fuchs wusste nun, dass er, Entschuldigung, dass ich so direkt bin, Marianne verloren hatte, wenn es Ihnen gelingt, mit ihr zu schlafen. Aus diesem Grund ist er euch heimlich gefolgt. Als Sie weg waren, stellte er sich Marianne in den Weg und forderte sie auf, mit ihm zu schlafen. Als sie sich weigerte, hat er sie kurzerhand umgebracht. Die Tote vom Hönggerwald, Frau Rosmarie Tanner, ist ihm auf die Schliche gekommen und drohte mit ihrem Wissen zur Polizei zu gehen. So hatte er auch sie umgebracht. Durch das Aufschneiden ihrer Scheiden glaubte er, ihre Macht zu brechen. Doch das ist Gegenstand eines neuen Verfahrens. Das berührt uns nur am Rand.«

Staunend saß Lukas da. Dann fragte er: »Woher wissen Sie das alles?«

»Als wir, John Benson und ich, den Staatsanwalt überzeugten, ließ er es zu, dass wir bei der Verhaftung und Überführung von Herrn Fuchs dabei waren. Herr Fuchs war sehr gesprächig und kooperativ. Ebenso bei der Tatortbesichtigung. Wir merkten schnell, der rechnet sich etwas aus. Sahen aber auch, dass er der wahre Mörder ist. So präzise, wie er den Tatort beschrieb und fand, ohne sich einmal zu verheddern. Sowie Aussagen und weitere Beschreibungen machte, die nur der Täter kannte. Dabei habe ich erwirkt, dass der Untersuchungsrichter beim Gerichtspräsidenten durchsetzt, dass Frau Balsiger bei der Tatortbesichtigung anwesend ist. Da sie zu fest an Ihre Schuld glaubte. Sie war komplett durcheinander und wird sie einmal hier besuchen kommen.«

Abermals staunte Lukas.

»Herr Doktor, da ist noch die Sache mit dem Richter und der Unterschlagung?«

»Die Entlastungsakte 12. Das hat mir der eine ehemalige Polizist berichtet. Der Sie bei der Erstuntersuchung befragte. Da haben Sie auf die Frage, ›Sie behaupten also, dass Sie mit Fräulein Balsiger geschlafen haben?‹ ausgesagt«, Doktor Bachmann holte ein abgegriffenes Mäppchen hervor, öffnete es und las daraus: »Zu Hause in meiner Sonntagshose muss noch das Taschentuch sein, mit dem wir uns gereinigt haben.‹ Beides wurde ins kriminaltechnische Labor eingeschickt. Beim Taschentuch wurden Rückstände von Menstruationsblut und Sperma gefunden. An der Hose fand man kein Blut. Der Polizist erzählte mir, dass er mit diesen Dokumenten und dem Taschentuch, die Hose kam ins Archiv, die Entlastungsakte 12 angelegt und sie dem Richter ordnungsgemäß übergeben habe. So entstanden nun die Verdachtsmomente, auch einmal bei einem Richter eine Hausdurchsuchung anzuordnen. Mit Erfolg, wie wir erfahren haben.«

Lukas schüttelte den Kopf. »Was es doch für Menschen gibt.«
Doktor Bachmann nickte, packte alles zusammen. Stand auf und reichte Lukas die Hand.

»Ich gehe jetzt. Das Wiederaufnahmeverfahren läuft, sobald es abgeschlossen ist, werden Sie freigelassen. Wann der Berufungsprozess stattfindet, kann ich Ihnen noch nicht sagen. Es dauert nicht mehr lange. Auf Wiedersehen, Herr Graf. Wir sehen uns bei Ihrer Freilassung.«

Bewegt schüttelten sie sich die Hände.

»Auf Wiedersehen, Herr Doktor. Vielen, vielen Dank.«

»Gern geschehen.«

7. Kapitel

Nach einer kalten Nacht ging die Sonne gestochen scharf an einem glasklaren blauen Himmel auf. Gefrorener Schnee lag auf den kahlen hellbraunen Ästen der Bäume. Lukas stieg mit seinem Verteidiger die Stufen zum Bezirksgericht hoch. Sie betraten das gut geheizte Gebäude und begaben sich zum Zimmer der Verteidigung, wo Doktor Bachmann seine Robe überstreifte. Danach gingen sie in den Gerichtssaal, setzten sich auf die Anklagebank. Der Besucherraum war schon recht voll. Denn das Interesse an seinem Fall war groß. In der zweiten Reihe links erblickte er seine Frau Anita, sie winkten sich kurz zu. Mit warmen Gedanken dachte er daran, wie sie letzten Oktober auf der Einwohnerkontrolle, Lukas hatte Freigang bekommen, ihre Hochzeit angegeben hatten. Da waren sie restlos glücklich gewesen und hatten sich auch das erste Mal richtig geküsst. Jaggy, der Anstaltsphilosoph vom Block D, hatte ihn an jenem Morgen gehänselt: »Pass auf, Graf, Cousinen können ekliger sein als normale Frauen. Die sind sich ans Befehlen gewöhnt. Da bist du schnell unter dem Pantoffel.«

»Ich pass schon auf mich auf«, hatte er lachend zurückgegeben. Danach hatten sie zum ersten Mal Mariannes Grab besucht.

Gerne erinnerte er sich auch an den Heiligen Abend letzten Jahres, als er und Anita sich in der alten Kapelle der Strafanstalt, die bald einmal abgebrochen würde, das Jawort gegeben hatten. Neben Anita saßen ihre Eltern. Daneben seine Mutter, seine Schwestern und John. Sie waren auch alle gekommen, als er am 8. Januar freigelassen wurde. Er hatte sich seiner Tränen nicht geschämt, als er John umarmte, denn er und Doktor Bachmann hatten einen erheblichen Teil dazu beigetragen, dass dieses schreckliche Verbrechen aufgeklärt werden konnte. Neben John saß Frau Balsiger. Sie hatte Lukas tatsächlich besucht. Ganz vernünftig hatten sie miteinander reden können. Und er konnte sie überzeugen, dass Marianne ihn geliebt und sich ihm freiwillig

hingegeben hatte. Böse schaute Frau Balsiger jetzt nach rechts. Dort saß in der vordersten Reihe ganz allein der ehemalige Gerichtsmediziner aus Winterthur mit seinem falschen Gutachten. Vom Stolz des einstmals mächtigen Mannes war nichts mehr übriggeblieben. Zusammengesunken saß er da. Obwohl der Besucherraum zum Bersten voll wurde, setzte sich niemand zu ihm hin.
Lukas schreckte aus seinen Gedanken. Der Richter und seine Beisitzer betraten den Saal. Das Gemurmel verstummte, alle standen auf.

»Setzen Sie sich«, gebot der Vorsitzende.

Alle setzten sich, die Verhandlung begann. Lukas beobachtete den Richter. Er war aufmerksam und genau. Punkt für Punkt, Zeuge um Zeuge ging er voran. Erst wenn er spürte, dass alles klar schien, ging er zum nächsten Punkt über. Lukas wurde vom Richter unter anderem gefragt: »Herr Graf, fühlten Sie sich von den Polizisten bedrängt?«

»Nicht von den Polizisten.«

»Sondern?«

»Vom Staatsanwalt«, gab Lukas ehrlich zu.

Ein Gemurmel brandete im Besucherraum auf.

»Ruhe im Saal!«, rief der Richter durchs Mikrofon.

Am Nachmittag war es im Besucherraum mucksmäuschenstill, als Doktor Jadox an der Reihe war. Sachlich und in perfektem Deutsch erklärte er, wie es zu diesen vermeintlichen Strangulationsspuren kam. Lukas beobachtete den Gerichtsmediziner aus Winterthur. Der wurde nicht als Zeuge vernommen. Immer noch zusammengesunken saß er da. Er schien nicht zuzuhören und doch war er wach. Lukas hörte von dessen Verteidiger, dass er sich anfangs gegen Dr. Jadox' These wehrte. Doch keiner seiner Kollegen stand zu ihm.

Kurz nach 17 Uhr beendete der Herr Vorsitzende den ersten Tag.

Lukas und Doktor Bachmann waren in einem kleinen Hotel in der Nähe des Gerichts untergebracht. Am nächsten Tag, sie hatten beide gut geschlafen und gefrühstückt, folgten die Plädoyers. Am Vormittag der Staatsanwalt, der sich bei Lukas in aller

Form für das erlittene Unrecht durch seinen Amtsvorgänger entschuldigte. Aber auch um Verständnis für die besondere Situation bat. Er forderte einen allumfassenden Freispruch. Am Nachmittag sein Verteidiger, der besonders unterstrich, was Lukas in den 5579 Tagen, da er unschuldig im Gefängnis saß, gelitten hatte. Er forderte ebenfalls vollumfänglich Freispruch, eine angemessene Entschädigung sowie die Gerichts- und Anwaltskosten der Stadt Zürich aufzuerlegen. Der Richter bedankte sich jedes Mal und übergab Lukas das Schlusswort. Abermals war es mucksmäuschenstill im Saal, als er ins Mikrofon sprach: »Ich möchte mich bei allen bedanken, die an mich glaubten und mir halfen. Besonders Lothar Knecht, John Benson und Doktor Hans Bachmann. Vielen Dank.«

Der Richter bedankte sich und teilte mit: »Das Gericht zieht sich zur Beratung zurück. Morgen um 14 Uhr wird das Urteil verkündet.«

Obwohl das Urteil für die meisten Besucher feststand, war der Gerichtssaal am Donnerstag, 31. Januar 1991 um 14 Uhr überfüllt. Der vorsitzende Richter trat mit seinen Beisitzern ein und verkündete das Urteil: »Der hier zu Unrecht angeklagte Lukas Graf wird in allen Punkten freigesprochen. Er erhält von der Stadt Zürich eine angemessene Entschädigung, die auch seine Auslagen und Gerichtskosten trägt. Außerdem ergeht folgender Beschluss: Der Haftbefehl vom 20. September 1975 wird aufgehoben. Die Ehrenrechte werden dem Angeklagten vollumfänglich zuerkannt. Setzen Sie sich.«

Lukas schämte sich seiner Tränen nicht, während der kurzen Urteilsbegründung. Da anschließend beide Parteien auf Berufung verzichteten, ging das Urteil in Rechtskraft über und Lukas war frei. Doktor Bachmann begleitete ihn durch die vielen Menschen. In den Gängen und vor dem Gerichtsgebäude blitzte es dauernd. Reporter bestürmten ihn: »Herr Graf, Herr Graf, wie fühlen Sie sich?«

»Gut. Fast wie im Traum.«

»Herr Graf, was haben Sie in letzter Zeit am meisten vermisst?«
»Das Recht.«

»Herr Graf, was werden Sie jetzt tun?«
»Nach Hause gehen und ein normales Leben führen.« Damit drehte er sich um, hängte Anita ein und gab ihr einen Kuss. Danach fuhren sie zusammen mit der Mutter nach Hause. Am nächsten Tag sah er in der Tageszeitung *Blick* sein Bild, darunter stand zu lesen: »Unschuldiger wird nach fast sechzehn Jahren Zuchthaus freigesprochen. Rabenschwarzer Tag für die Zürcher Gerichtsmedizin.« Lukas nickte nachdenklich.

Fünf Wochen später erhielt er von der Zürcher Stadtkasse eine Summe von 1 952 650 Franken als Entschädigung sowie eine Bestätigung über die Bezahlung von 164 310 Franken Anwalts- und Gerichtskosten.

Der alte Staatsanwalt und seine alten Polizisten wurden nicht angeklagt. Der fehlbare Richter wurde zwar angeklagt, war aber wegen seines vorgeschrittenen Alters und schlechten Gesundheitszustand nicht mehr vernehmungsfähig. Er starb ein Vierteljahr später an Lungenlähmung. Weitere sechs Monate später erhängte sich der wahre Mörder in seiner Zelle, weil er es im Gefängnis nicht ausgehalten hatte.

ENDE

Der Geschichte liegen drei Kriminalfälle und Fehlurteile zugrunde. Erster Fall: Jener von Hans Hetzel vom 1. September 1953 in der Nähe von Offenburg. Er soll eine Frau erwürgt haben. Zweiter Fall: 1. Mai 1971 an Carmen Kampa in Bremen-Oslebshausen. Der Fall konnte erst nach vierzig Jahren aufgeklärt werden. Dritter Fall: Der Mord an Johanna am 13. September 1983 in Oberhenneborn im Sauerland. Obwohl Franz Josef Sträter verurteilt wurde, ist der Fall bis heute nicht aufgeklärt.

TODESFALL IN BÜMPLIZ, 2007

Die Sonne schien freundlich auf den abgelegenen, etwas ausgetrampelten Waldweg des Berner Stadtteils Bümpliz. Eine kühle Brise säuselte sacht in den Wipfeln der Bäume. Die ersten Vögel, die aus ihren Winterquartieren zurückkehrten, pfiffen mit dem Wind um die Wette. Weit entfernt hörte man das ununterbrochene Gebrumme der Fahrzeuge auf der Autobahn, die am Rande des Waldes vorbeiführte.

Der fünfzigjährige Fritz Mächler wohnte in Zürich. Doch nach dem großen Krach, den er gestern früh mit seiner Frau hatte, war er nach Bern geflüchtet. Nun spazierte er auf dem einsamen Weg, genoss die Frühlingsstimmung und versuchte, seine Gedanken zu ordnen.

Plötzlich blieb er stehen. Vor ihm lag eine junge blonde Frau in einem kurzen blauen Minirock und brauner Lederjacke am Boden. Ein knochiger Mann mit Narben im Gesicht und am Hals, in schmutzigen, zerrissenen Jeans und ebenso schmutzigem Hemd, kniete auf ihr. Mit der einen Hand hielt er ihre Arme fest, mit der anderen versuchte er der jungen Frau, die sich heftig wehrte, zwischen die Beine zu fassen. Fritz erfasste die Situation sofort.

»Lassen Sie die Frau in Ruhe!«, rief er dem Fremden zu.

Der Mann drehte sich zu Fritz, holte aus der Hemdtasche eine Spritze, riss den Nadelschutz runter und meinte verächtlich: »Diese Spritze ist gefüllt mit dem Hepatitis-C-Virus. Die jag ich der Kleinen rein, wenn du nicht verduftest.«

Fritz sagte nichts. Langsam fasste er in die Innentasche seiner Jacke und mit den Gedanken: *Ich bin gut*, zog er seine neun Millimeter Beretta mit Schalldämpfer aus dem Futteral und schoss. Er traf genau.

Wie eine Statue sackte der Fremde langsam vornüber zusammen. Aus der Wunde im Hinterkopf rann Blut. Die junge Frau schrie kurz auf, strampelte und wand sich, schob mit dem rechten Fuß ihren Peiniger von sich. Sie setzte sich auf und begann zu heulen.

Es war plötzlich still im Wald, als würden die Vögel den Atem anhalten. Nur der Wind spielte mit ihren blonden Locken. Fritz versorgte seine Waffe wieder, suchte die leere Patronenhülse und hob sie auf. Danach untersuchte er den fremden Mann. Er war tot.

Fritz atmete schwer. Drehte sich dann zur jungen Frau, beruhigte sie und half ihr auf die Beine.

»Aua!«, schrie sie auf.

»Was ist? Haben Sie Schwierigkeiten?«

»Ja. Ich will weg«, schniefte sie.

»Und der Fremde?«

»Lassen Sie den Saukerl liegen«, schluchzte sie. »Der wird schon gefunden.«

Er hängte der fremden Frau ein, sie gingen ein paar Schritte. Erst jetzt bemerkte er, dass sie hinkte.

»Aua«, seufzte sie erneut und verzog das Gesicht.

Fritz kniete sich hin, öffnete den Druckknopf ihrer flachen schwarzen Schuhe und untersuchte den linken Fuß.

»Der ist geschwollen«, stellte er fest.

»Saukerl«, flüsterte sie. »Ich bin in einer Wurzel hängen geblieben und habe mir den Fuß verdreht, als er mich zu Boden gerissen hat.«

»Wo kann ich Sie hinbringen? Sie brauchen dringend einen Arzt.«

»Nehmen Sie mich mit. Egal wohin«, sagte sie entschlossen.

»Sie wohnen nicht in Bümpliz?«

»Nein. In Hasle-Rüegsau. Eigentlich in Hasle, das liegt bei Burgdorf.«

Fritz nickte. »Gut, ich bringe Sie in mein Hotel, da unten am Bahnhof. Ich versuche Sie zu tragen.« Er lud sie auf seine Arme. Dabei musste er die Zähne zusammenbeißen, sie war schwerer als gedacht, obwohl sie sehr schlank war. Auf dem Weg aus dem Wald über die Autobahn musste er sie zweimal abstellen und verschnaufen. Vorbei an einem großen Firmengebäude querten sie die Freiburgstraße.

»Noch die Unterführung, dann sind wir da.«

»Stellen Sie mich ab. Den Rest werde ich laufen.«
Er trug sie noch die Rampe der Eisenbahnunterführung hinunter, dann stellte er sie sachte ab. Ihr hübsches Gesicht verzog sich bei den ersten Schritten zur Fratze. Fritz stützte sie abermals.
»Wir sind gleich da«, sagte er beruhigend.
Im Hotel angelangt, verlangte er den Zimmerschlüssel.
»Gibt es einen Arzt in der Gegend?«, fragte er die Wirtin.
»O ja, Ärzte haben wir genug. Welchen wollen Sie?«
»Einen Allgemeinmediziner, der Hausbesuche macht. Meine Partnerin hat sich den Fuß verstaucht.«
»Da wäre Doktor Strassner, das ist ein guter Arzt.«
»Den nehmen wir«, sagte die fremde Frau schnell.
»Können Sie mir in meinem Zimmer das zweite Bett beziehen?«
»Selbstverständlich, sofort«, erwiderte die Wirtin und wandte sich an ihre Angestellte, die gerade den Gaststubenboden mit einem feuchten Lappen wischte.
»Würden Sie sich hier eintragen?«, fragte sie schließlich freundlich die junge Frau.

»Gerne«, antwortete diese mit zusammengebissenen Zähnen und versuchte, möglichst nicht auf dem verletzten Fuß zu stehen.
Unterdessen telefonierte Fritz. Fünfzehn Minuten später war das zweite Bett bereit und der Arzt da. Nach kurzer Untersuchung schaute er die junge Frau mit gerunzelter Stirne an.
»Eine starke Stauchung. Besser wäre ein Bruch …«
»Danke, Herr Doktor. Das sind schöne Aussichten.«
»Verstehen Sie mich, Frau …?«
»Hess, Finja Hess.«
»Also, Frau Hess. Ein Bruch wäre in fünf Wochen geheilt. Mit der Stauchung müssen Sie sieben Wochen rechnen, bis Sie wieder richtig gehen können.«
Frau Hess zog die Jacke und den linken Strumpf aus, biss sich auf die Lippen und blickte etwas gelangweilt aus dem Fenster, während der Arzt ihr einen dicken Verband anlegte. Mühsam zog Frau Hess ihren Strumpf wieder an. Der Arzt holte den Rezeptblock hervor, schrieb ein Medikament und eine Salbe auf.

»Das holen Sie unten in der Apotheke. Nehmen Sie die erste Tablette gleich jetzt, danach für 10 Tage eine Tablette vor dem Abendessen. Mit der Salbe beginnen Sie am Morgen von Christi Himmelfahrt. Sie reicht für zwei Monate. Verbinden Sie den Fuß gut.«

»In Ordnung, Herr Doktor.« Fritz holte seine Geldbörse aus der Hosentasche. »Ich bezahle Sie gleich.«

Etwas unsicher wiegte der Arzt mit dem Kopf. »Meinetwegen.« Er holte den Taschenrechner aus der Mappe und rechnete. »117,60 Franken.«

Fritz bezahlte. Der Arzt überreichte ihm die Quittung. »Für die Krankenkasse«, mahnte er. Danach verabschiedete er sich.

Fritz verließ mit dem Arzt das Hotel und ließ sich die Apotheke zeigen. Er holte die Medikamente, brachte sie Frau Hess. Danach zog er die Jacke aus, löste die Pistole mit Futteral aus der Innentasche, reinigte sie und schnallte die Waffe am Halteriemen im unteren Fach seiner schwarzen Reisetasche fest. Die leere Patronenhülse legte er in ein Plastiksäckchen, verstaute sie in ein Innenfach und zog den Reißverschluss zu.

»Sind Sie bei der Polizei?«, fragte Frau Hess, nachdem sie die erste Tablette geschluckt hatte.

»Nein, sonst hätte ich ihn nicht einfach liegenlassen.« Frau Hess errötete, sagte aber nichts.

»Vor neun Jahren wurde ich in Zürich von drei vermummten Männern überfallen und verprügelt, die Täter konnten nie ermittelt werden. Seitdem trage ich immer eine Waffe, wenn ich verreise.« Er kramte in seiner Tasche, richtete sich auf, sah Frau Hess lange an. »Ich gehe noch schnell in einen Laden. Ich habe keine Toilettensachen für Frauen bei mir. Haarbürste? Zahnbürste, Zahnpaste? Deodorant? Parfüm?«

»Also, das wäre …«, antwortete Frau Hess ruhig und zählte an den Fingern auf. »Clarins Wohlfühlprogramm, Hugo Boss Feme und Colgate White. Können Sie das behalten?«

»Ja. Werden Sie noch da sein? Wenn ich zurückkomme.«

Frau Hess errötete abermals, fuhr mit den Fingern langsam über ihr blondes Haar.

»Natürlich, warum fragen Sie?«, antwortete sie und deutete auf ihren eingebundenen Fuß.

»Man weiß ja nie«, antwortete Fritz und verschwand.

2. Kapitel

Eine klare Nacht senkte sich über Bümpliz. Der Mond schien auf Häuser, Fabrikanlagen und Waldungen. Auf dem Friedhof leuchtete er gespenstisch auf die Gräber. Sie warfen lange Schatten. Ein sanfter Wind bewegte sacht Blumen und Sträucher. Der Stoßverkehr auf den Straßen hatte nachgegeben.

Im Restaurant am Bahnhof Süd saß Fritz Mächler mit Frau Hess an einem Vierertisch, gedeckt mit einem hellbraunen Tischtuch, auf hellbraunen Stühlen. Nachdem er ihr die Sachen verpackt in einer hübschen Tasche brachte, konnte sie sich frisch machen und ihr Kleid und die Jacke reinigen. Jetzt ließen sie sich Rahmschnitzel mit Nudeln schmecken. Der große Speisesaal, geteilt in ein Raucher- und Nichtraucherabteil, war nur spärlich besetzt. Das Pizzaabteil dagegen war von hauptsächlich jungen Leuten gut besucht.

»Sehen Sie, Frau Hess, die große Kuhglocke über der Trennwand? Bümpliz scheint ein ländliches Flair bewahrt zu haben.«

»Ähnlich wie in Hasle. Aber nennen Sie mich Finja.«

»Gern, ich bin der Fritz. Fritz Mächler.«

Sie prosteten sich zu. Purpurrot funkelte der Wein in den geschliffenen Gläsern. Sie gaben sich einen kurzen Kuss und versanken dann wieder in Schweigen. Krampfhaft versuchten sie, das schreckliche Geschehen von heute Nachmittag auszusparen. Am Nebentisch setzten sich zwei Männer und drei Frauen hin. Der Kleidung und Aussehen nach waren es Geschäftsleute. Ihr lebhaftes Gespräch drehte sich um Modelleisenbahnen. Finja lächelte.

»Mein Bruder hat in seinem Zimmer auch eine kleine Modellbahn aufgebaut. Vater, als gestandener Landwirt, ist gar nicht dafür. Das sei kindische Spielerei, meinte er.«

»Das würde ich nicht unbedingt sagen«, murmelte Fritz in gedämpftem Ton. »Ich selbst besitze im Keller unserer Villa eine ziemlich große Anlage.«

»Du wohnst in einer Villa?«

»Ja, mit meiner Frau. Sie gehört auch meiner Frau.« Fritz hielt Finja seine linke Hand mit dem Goldring entgegen.

»Ich hab's gesehen«, murmelte sie.

Eine Gruppe von -zehn bis zwölf Jugendlichen mit ihrem ganz in schwarz gekleideten Leiter, anscheinend einem Pfarrer, setzten sich an die Tische im hinteren Teil der Gaststube. Es ging fröhlich und sehr laut zu.

Finjas blaue Augen blickten plötzlich verschleiert. Nervös fuhr sie sich mit den Fingern durchs Haar, zupfte verlegen an ihrem kurzen Rock.

»Gehen wir nach oben? Ich mag solche Jugendversammlungen nicht«, bat sie.

Fritz stand auf, half Finja. Im Gang lud er sie auf die Arme, trug sie die Treppen hoch. Oben stellte er sie ab und schloss die Zimmertür auf. Finja verschwand im Bad. Fritz zog die dicken hellbraunen Vorhänge zu. Dann holte er eine kleine Wolldecke aus dem Schrank, rollte sie zusammen und stopfte sie in den Türspalt.

»Warum tust du das?«, fragte Finja überrascht, als sie aus dem Bad trat.

»Ich will keine Zuhörer«, antwortete Fritz, betrat das Bad, machte sich frisch. Danach schüttelte er die gelben Decken der Betten auf.

»Du musst neben mir schlafen.«

»Kein Problem, ich habe die Pille bei mir.«

»Finja, sei ernst. Ich will mit dir besprechen, wie's weiter geht. Ich habe einen Mann erschossen. Irgendwann wird er gefunden.«

»Das hast du gut gemacht. Dieser Saukerl hätte mich vergewaltigt und womöglich mit Hepatitis-C verseucht«, schimpfte Finja, die ihr Kleid ausgezogen hatte und fein säuberlich gefaltet in den Schrank räumte. Nachdem sie auch die Strümpfe ausgezogen hatte, drehte sie sich zu Fritz, stand vor ihm, nur mit weißem Slip und BH bekleidet. Sie sah bezaubernd aus mit ihrem weizenblonden Haar. »Gehst du zur Polizei?«, fragte sie.

Fritz schluckte, setzte sich auf. »Nein, auf keinen Fall. Auch wenn es aus meiner Sicht Notwehr war.«

»Oje.« Finja lachte. »Da weiß man nie, wie die Polizei über Notwehr denkt.«

»Ich schlage vor, wir warten noch einen Tag. Dann aber muss ich zurück nach Zürich.«

Finja humpelte zur Tür, nahm die Decke aus dem Spalt, humpelte zu den Gardinen und öffnete das Fenster. Kühle Luft strömte ins Zimmer. Sacht blähte der Wind die Gardinen. Sie humpelte zum Schrank, versorgte die Wolldecke, löschte das Licht, schlüpfte ins Bett und kuschelte sich in Fritzens Arme.

»Du hast mich vor Unglück bewahrt. Dafür darfst du mich auch haben«, flüsterte sie. Fritz schluckte abermals. »Ich hatte schon lange keinen Sex mehr mit meiner Frau.«

»Ist doch egal. So etwas verlernt man nie.«

Sie umarmten, küssten und streichelten sich. Vorsichtig schob er sich zwischen ihre Beine, sanft drang er in sie ein und sie liebten sich. Müde schliefen sie ein.

Mitten in der Nacht wachte Fritz auf. Er starrte zur Decke, versuchte seine Augen an die Dunkelheit zu gewöhnen. Neben sich hörte er Finjas ruhige Atemzüge. Er blickte zum Fenster. Gespenstisch bewegten sich die Gardinen im Nachtwind. Es war kühl im Zimmer. Fritz biss sich auf die Lippen, als er durch die Gardinen blaues Drehlicht bemerkte. Lautlos stand er auf. Der Wecker auf dem Nachttisch tickte leise und zeigte 3.10 Uhr. Er schlich zum Fenster. Ohne den Vorhang zu bewegen, schielte er durch den geöffneten Spalt. Draußen war es mucksmäuschenstill. Ein paar Straßenlampen leuchteten. Die Häuser sowie die Bahnstation Bümpliz Süd lagen im Dunkeln. Der Mond schien. Sterne funkelten am nachtdunklen Himmel. Jenseits der Bahnlinie stand ein Polizeiauto mit eingeschaltetem Blaulicht. Die Beamten gestikulierten mit jemanden, ohne dass Fritz etwas hörte. Dann verschwand der Streifenwagen zwischen den Häusern Richtung Wald.

»Haben sie ihn gefunden?«, flüsterte Finja hinter ihm. Fritz erschrak, er hatte sie nicht kommen hören.

»Es scheint so«, flüsterte er ebenso leise.

»Komm wieder ins Bett, du erkältest dich sonst. Wir werden es morgen erfahren.« Finja schloss das Fenster. Dann schlüpften sie wieder in die Betten, aber schlafen konnten sie nicht mehr.

Früh am nächsten Morgen duschte und rasierte sich Fritz. Finja konnte sich wegen des eingebundenen Fußes nur waschen. Um 7 Uhr begaben sie sich zum Frühstück im kleinen Saal.

»Ich engagiere dich zum Träger«, lächelte Finja verlegen, als er sie die Treppen runtertrug.

»Schon gut, das Hotel ist klein und hat keinen Lift.«

Obwohl sie beim Frühstück allein waren, wagten sie nicht, über die vergangene Nacht zu sprechen. Die Wirtin servierte die bestellten Rühreier, Brot, Butter und Konfitüre, dann schenkte sie Kaffee ein. Gespannt schaute Fritz die Wirtin an. Im Stillen hoffte er, sie würde etwas über den Polizeieinsatz von letzter Nacht erzählen. Doch sie erkundigte sich nur nach Finjas Befinden.

»Oh, vielen Dank. Den Umständen entsprechend gut.« Enttäuscht ergänzte Fritz: »Wir werden heute Vormittag eine kleine Rundfahrt machen, sind aber zum Mittagessen wieder zurück.«

»Schön. Wünsche einen angenehmen Vormittag. Vergessen Sie nicht, den Zimmerschlüssel am Büffet abzugeben.«

»In Ordnung. Vielen Dank.«

»Warum hast du die Wirtin nicht nach den Nachrichten gefragt?«, wollte Finja nach dem Frühstück, als sie sich wieder im Zimmer befanden, wissen.

»Aus Vorsicht. Ich habe in meinem BMW ein Autoradio. Ich erfahre schon, was ich wissen will.« Ruhig kämmte sich Fritz weiter.

Wenig später fuhren sie in gemütlichem Tempo über die Landstraße Richtung Freiburg. Das Wetter war durchzogen. Noch immer wehte ein kühler Wind. Sie kamen an großen Schul- und Hochhäusern mit akzeptablen Grünflächen vorbei.

»Bümpliz hat viele Hochhäuser«, bemerkte Finja.

»Ja, mit günstigen Mietzinsen.«

»Woher weißt du das?«

»Meine verstorbenen Schwiegereltern stammten ursprünglich aus Bümpliz.«

»Deshalb warst du gestern Nachmittag da?«

Fritz gab keine Antwort. Sie kamen aufs freie Land. Als sie Flamatt hinter sich hatten, schlug er vor: »Da vorne halte ich an. Es ist gleich 10 Uhr. Dann können wir Nachrichten hören.« Er lenkte seinen Wagen auf den einsamen Parkplatz vor einem Waldstück, hielt an und schaltete das Radio ein. Gespannt hörten sie zu. Und tatsächlich, am Schluss der Nachrichten kam die Meldung. Letzte Nacht, in einem Waldstück in der Nähe von Bern, wurde eine männliche Leiche mit einer Schusswunde im Hinterkopf gefunden. Ermittlungen wurden aufgenommen. Bisher ohne Erfolg. Die Polizei tappt völlig im Dunkeln und bittet die Bevölkerung um Hinweise.

»In der Nähe von Bern? Bümpliz ist doch Bern?«, staunte Finja.

»Die Polizei versucht damit, die Täterschaft in die Irre zu führen«, erwiderte Fritz ruhig. »Fahren wir zurück?«

»Ja, aber bitte nicht über Köniz.«

Gelassen drehte sich Fritz Finja zu, die seinem Blick auszuweichen suchte und nervös mit den Fingern an ihrem Rock herumzupfte. Lächelnd fragte er: »Was hast du zu verbergen? Dass du nicht Richtung Köniz willst? Was hast du gestern eigentlich im Wald gemacht?« Er kicherte wie ein kleiner Bub, als er sah, dass ein dunkles Rot über ihr hübsches Gesicht flammte.

»Darf ich es wissen?«, fragte Fritz gespannt.

Finja fasste sich. »Ja du darfst es wissen.« Ruhig erzählte sie: »Ich war in Liebefeld mit einem Automechaniker befreundet. Vor wenigen Wochen bemerkte ich, dass irgendetwas nicht mehr stimmte. Rief ich an, so versuchte er, mich abzuwimmeln. Einmal hörte ich im Hintergrund eine fremde Frauenstimme. Das machte mich noch stutziger.«

»Kann ich mir denken«, warf Fritz ein und starrte durch die Windschutzscheibe.

»Gestern wollte ich es wissen, fuhr mit der Bahn über Bern nach Köniz. In der Garage, wo mein Freund arbeitet. ›Ihr Freund arbeitet seit geraumer Zeit nicht mehr bei uns. Unzuverlässige Säcke beschäftigen wir nicht‹, wurde ich angeschnauzt. Dann ließen sie mich einfach stehen. So fuhr ich mit dem Bus von Köniz zurück nach Liebefeld, wo er wohnte. Auf mein Klingeln öffnete mir eine junge halbnackte Frau.

›Kommst du mal?‹, rief sie. ›Da steht eine Schickse[4] vor der Tür.‹ Aufgeregt kam er und wimmelte mich ab: ›Geh, mit uns ist es schon lange vorbei‹ und schlug mir die Tür vor der Nase zu. Ohne zu überlegen, lief ich wütend davon. Direkt in den Wald. Ich heulte, riss mir während dem Laufen den Freundschaftsring vom Finger und warf ihn achtlos ins nächste Gebüsch. Eigentlich wollte ich in Bümpliz auf den Zug, doch ich achtete zu wenig auf den Weg, kürzte ab. Zu spät bemerkte ich den Schatten hinter dem Baum, der mich ansprang und zu Boden riss. Ein höllischer Schmerz durchzuckte meinen linken Fuß. Er setzte sich auf mich und fasste mich überall an. Ich wehrte mich, so gut ich konnte. Gott sei Dank bist du dann aufgetaucht. Den Rest kennst du.«

»So ist das. Der Fremde war also nicht dein Freund?«

»Um Gotteswillen, nein.«

Liebevoll drehte sich Fritz gegen Finja strich ihr über ihr Haar. Sein Herz klopfte wild, als er in ihre blauen Augen blickte. Er dachte überhaupt nicht mehr an Isabelle, seine Frau, als sein Mund Finjas Lippen zu einem innigen Kuss verschlossen. Eine Weile war es still im Wagen.

»Du bist keine Schickse, ganz und gar nicht«, flüsterte er ihr ins Ohr, als sie wieder zu Atem kamen.

»Und jetzt fahren wir zurück zum Hotel. Nicht über Köniz.« Finja strahlte.

Er startete den Wagen, drehte um, in gemächlichem Tempo fuhren sie zurück. In Thörishaus sah er einen Kiosk, hielt an und kaufte sich den *Blick*, dann fuhren sie weiter. Es ging gegen die Mittagszeit. Der Verkehr nahm zu. Finja blätterte im *Blick*.

»Was schreiben sie?«, fragte Fritz.

---

4 Schickse = unreine, nicht jüdische Frau. Leichtlebige Frau.

Finja suchte und las. »Nicht mehr, als wir im Radio gehört haben. Aber hier steht ›im Außenbezirk der Stadt‹ und nicht ›in der Nähe der Stadt‹«, antwortete sie leise.

»Siehst du«, antwortete Fritz. »Die versuchen, uns in die Irre zu führen.«

3. Kapitel

Nach dem Mittagessen, als sie nebeneinander auf dem Bett lagen, bat Finja:»Kannst du mir ein bisschen Geld leihen? Ich möchte mir Unterwäsche und Strümpfe kaufen. Ich habe nichts bei mir.« Fritz schwang sich aus dem Bett, fuhr mit den Händen über sein Haar und zog seine Schuhe an.

»Bleib liegen, schone deinen Fuß, ich besorge dir die Sachen.«

»Konfektionsgröße 36, wenn's geht weiß oder schwarz. Nur nicht rot.«

»Wer trägt schon rote Unterwäsche?«, lächelte Fritz und verschwand.

Als er wiederkam, war er aufgeregt. Finja döste, öffnete aber sofort die Augen. Er hielt ihr die Sachen hin. Finja kontrollierte.»In Ordnung. Warum bist du so aufgeregt?«

Fritz räumte die Unterwäsche und Strümpfe in den Schrank und zog die Schuhe aus. Er fuhr sich wieder übers Haar, legte sich neben Finja aufs Bett, nahm ihren Kopf in den linken Arm und berichtete:»Eben konnte ich im Modegeschäft an der Brünnen Straße ein Gespräch von zwei älteren Damen über den Erschossenen mitverfolgen. ›Der wurde doch von seinem Bruder umgebracht‹, meinte die eine. ›Ah, ja, glaubst du?‹, meinte die andere. ›Natürlich, die konnten sich noch nie leiden. Das ist eine schreckliche Familie. Es würde mich nicht wundern, wenn sie den Bruder demnächst verhaften.‹ ›Vorausgesetzt sie finden ihn. Der ist doch abgehauen‹, meinte die zweite Frau wieder. ›Und illegale Waffen besitzt diese Familie jede Menge‹, meinte die erste. ›Jedenfalls schade ist es nicht um ihn‹, meinten beide lautstark.«

»Das meine ich auch«, schimpfte Finja.»Was haben die Frauen sonst noch gesprochen?«

»Nichts mehr. Sie bezahlten und gingen.«

»Da kannst du sehen, du hast etwas Gutes getan.« Ungläubig starrte Fritz Finja an und streichelte ihre Wangen.

Sie drehte sich ihm zu, fuhr mit den Fingern über seinen Lippen hin und her, leise flüsterte sie ihm ins Ohr: »Ich bin gerade dabei mich in dich zu verlieben ...«

Fritz zog sie an sich und sie versanken in einen innigen Kuss. Einen Moment lang war es still im Zimmer. Als sie wieder zu Atem kam, flüsterte

Finja nachdenklich: »Wie soll es mit unserer Beziehung weiter gehen? Ich stehe tief in deiner Schuld, du hast mich vor Unglück bewahrt. Dafür darfst du mich zu jederzeit haben. Aber Du bist verheiratet und ich möchte nicht das fünfte Rad am Wagen sein.«

Fritz atmete tief durch und sagte nichts.

»Deshalb ist es besser, wenn du mich morgen nach Hause bringst. Soviel ich weiß, musst du morgen sowieso zurück nach Zürich?«

»Das ist richtig. Und wie es weitergeht, wird die Zukunft zeigen. Das ist zwar etwas plump, aber es stimmt. Komm, ich hab Hunger, gehen wir zum Abendessen.«

Sie standen auf. Mühsam schlüpfte Finja in die Schuhe. Den Knopf ihres linken Schuhs ließ sie offen. Sie machten sich im Bad frisch, Finja schluckte eine der Tabletten, die ihr der Arzt verordnet hatte, dann gingen sie essen.

In jener Nacht schlief nur Finja, trotz ihrem lädierten Fuß, recht gut. Fritz dagegen dachte an den Toten und noch viel mehr an Isabelle. *Was wird sie wohl sagen? Lange kann ich es ihr nicht verheimlichen. Mörder wird sie mich nennen. Ja, ich bin ein Mörder, obwohl es Notwehr war,* dachte er hin und her.

Und wenn sie die Liebesgeschichte mit Finja erfährt, ist alles aus. Auch wenn unsere Ehe zerfahren ist. Unruhig drehte er sich hin und her. Es war schon nach Mitternacht, als ihm endlich die Augen zufielen.

Trotzdem erwachte er am Morgen von Christi Himmelfahrt als Erster. Er stand auf, duschte und rasierte sich. Finja löste den Verband, duschte ebenfalls, zog sich frische Unterwäsche an, schmierte mit der Salbe den Fuß ein und verband ihn. Fritz wollte helfen, doch sie wehrte ab.

»Lass nur, zuhause muss ich es auch alleine schaffen«, meinte sie liebevoll.

Danach räumten sie das Zimmer und gingen zum Frühstück. Erst trug Fritz Finja, danach das Gepäck die Treppe runter, stellte es ins Foyer, gab den Schlüssel an der Rezeption ab. Das Restaurant war bis auf den Stammtisch leer. Dort saßen drei Herren in dunklem Anzug mit Krawatten, anscheinend Lokalpolitiker, die sich leise unterhielten. Auch die Straßen waren noch leer. Nach einem ausgiebigen Frühstück, mit herrlich dampfendem Kaffee, Eiern, Aufschnitt, Butter, Marmelade und goldgelb gebackenem Hefezopf, bezahlte Fritz die Rechnung und lud das Gepäck in den Wagen. Kurz nach 9 Uhr verabschiedeten sie sich von der Wirtin. In gemächlichem Tempo fuhren sie durch das stille Quartier. Nur wenige Autos begegneten ihnen. Finja lehnte sich schweigend an seine Schultern. Die Kirchenglocken läuteten feierlich. In dieser melancholischen Stimmung verließen sie Bümpliz Richtung Autobahn.

Fünfundzwanzig Minuten später erreichten sie Hasle-Rüegsau. Am Bahnhofkiosk besorgten sie sich den *Sonntags Blick*, danach fuhren sie durch die Bahnunterführung weiter ins Dorf. Es war immer noch still. Auch hier kamen ihnen fast keine Fahrzeuge entgegen. Bei einem staatlichen Bauernhof lotste Finja Fritz nach links in eine Seitenstraße.

»Das vorletzte Haus«, sagte sie gelassen. »Du kannst direkt vor dem Haus parken.«

»Das ist aber kein Bauernhof?«, fragte Fritz überrascht, als er vor einem modernen dreistöckigen Gebäude anhielt.

»Nein, ich wohne, seit ich in Burgdorf arbeite, nicht mehr zu Hause. Unser Hof liegt in Grosshöchstetten. Mein Bruder leitet ihn seit einem halben Jahr.«

»Ich verstehe.«

»Bleibst du zum Essen? Oder musst du gleich weiter?«, fragte Finja beim Aussteigen.

»Nein, ich bleibe noch. Willst du selbst kochen? Gibt es nicht irgendwo eine Wirtschaft?«

»Da drüben an der Kreuzung zur Biembachstraße wäre die Hasle-Pinte.« Mit ausgestrecktem Arm deutete Finja über die

Wiesen und Häuser. »Ich weiß aber nicht, ob sie an Christi Himmelfahrt offen hat. Nebenbei hat meine Mutter mir eine Unmenge Spaghetti besorgt, wenn du Spaghetti magst?«

»O ja, sehr gerne.«

Finja humpelte zur Tür des modernen Mehrfamilienhauses, schloss sie auf. »Nimmst du deine Tasche mit?«

»Ja, meine Waffe ist da drin, die lasse ich nicht im Wagen.«

Finja errötete und schickte sich an die Treppe hochzuhumpeln.

»Moment, ich trage dich«, bot sich Fritz an und wollte seine Tasche abstellen. Doch Finja lehnte abermals ab.

»Es ist nur eine Treppe.«

Im ersten Stock schloss sie die linke Wohnungstür auf. Übermäßig lange reinigte Fritz seine Schuhe und trat ein.

»Die Garderobe ist gleich links neben der Tür. Da kannst du die Tasche abstellen und die Jacke aufhängen«, sagte Finja, schlüpfte aus ihren Schuhen, zog die Hausschuhe an und humpelte ins Zimmer, wo sie sich umzog.

Fritz stellte seine Reisetasche auf das braune Schuhschränklein, hängte die Jacke am schmiedeeisernen Hacken der Garderobe auf, holte aus der Innentasche die Arztquittung und folgte Finja ins Zimmer.

»Hier ist noch die Quittung für deine Krankenkasse.«

»Oh, vielen Dank. Was bin ich dir eigentlich schuldig?«

»Nichts, Finja, nichts. Ich bin Gott dankbar für die Stunden, die ich mit dir zusammen sein darf. Obwohl ich einiges älter bin als du.«

Sie errötete, gab ihm einen Kuss. Dann humpelte sie aus dem Zimmer in die Küchenecke, die mit der Wohnstube verbunden war und begann zu kochen.

»Ich decke den Tisch«, sagte Fritz.

»Die Teller sind hier im Schrank. Und die Tischsets befinden sich in der letzten Schublade«, bemerkte Finja.

Fritz öffnete die Schublade der cremefarben gestrichenen Kombination. Fand unter der Alufolie und Holzbrettchen die grünen Sets.

»Welcher ist dein Platz?«

»Normalerweise sitze ich hier an der Bar«, antwortete Finja und deutete auf die halbhohe schwarze Wand, die Küchenraum und Wohnstube trennte. »Jetzt möchte ich gerne dir gegenübersitzen. Damit ich dich noch lange ansehen kann.« Fritz lächelte errötend, holte aus dem Küchenschrank die hellbraunen Teller. Es roch herrlich nach gebratenem Hackfleisch und Tomatensauce.

»Die Spaghetti sind al dente«, lächelte Finja, schüttete sie ins Abtropfsieb, verteilte sie auf die Schalen, reichte Ragout und Reibkäse. Fritz trug die Schalen zum Tisch. Während des Essens schaute er Finja in die Augen, fasste ihre Hand und fragte gespannt: »Was steht in der Zeitung über den Erschossenen?«

»Nichts. Ich denke, du machst dir zu viel Sorgen«, antwortete sie, stand auf, humpelte in die Küche, holte eine angefangene Flasche Rotwein und zwei Gläser und schenkte ein.

»Ein Glas nehme ich. Ich muss noch fahren.«

Finja nickte und prostete ihm versonnen zu. Nach dem Essen räumte sie Pfannen und Geschirr in die Spüle, gab ein wenig Pulver dazu, startete das Gerät, reinigte die Küchenkombination und den Tisch. Anschließend putzte sie im Bad ihre Zähne und schluckte eine Tablette. Liebevoll legte sie Fritz ihre Arme um den Hals und flüsterte: »Ich will noch einmal mit dir schlafen, bevor du gehst.«

»Einverstanden«, flüsterte er ebenso leise. Er hob Finja auf die Arme und trug sie ins Zimmer, setzte sie aufs Bett, zog die dunkelbraunen Vorhänge zu. Dann stiegen sie aus ihren Kleidern, küssten und streichelten sich eine Ewigkeit. Zitternd wie Espenlaub drang er in sie ein und sie liebten sich, bis er leise stöhnend zum Höhepunkt kam und sich in sie ergoss. Eine Weile blieben sie engumschlungen liegen, genossen das Beisammensein. Danach ging er ins Bad, wusch sich, zog sich an und machte sich reisefertig. Auch Finja zog sich an, leise mahnte sie: »Fahr vorsichtig, am Härkingerkreuz und in Zürich hat es Unfälle gegeben. Sogar in Rorschach war ein Unfall.«

Fritz nickte stumm. Mit einem letzten Kuss verabschiedeten sie sich. Finja stand auf dem Balkon und winkte, als er losfuhr.

4. Kapitel

Es war tiefe Nacht. Fritz lag im Bett der Villa in Zürich, die er gemeinsam mit seiner Frau Isabelle bewohnte. Aber er konnte nicht schlafen. Ganz verstört starrte er zur Zimmerdecke und versuchte zu begreifen, was geschehen war. Obwohl er in Härkingen und am Limmattalerkreuz Kolonnenfahren musste, kam er gut voran und erreichte die Villa am frühen Nachmittag. Sie lag am Ende der Aurorastrasse direkt am Waldrand, mit einem herrlichen Blick über den Zürichsee. Als er das Garagentor öffnete, wunderte er sich, dass Isabelles hellgrüner VW Golf nicht da war.

»Sie ist also noch nicht zurück. Ich hab noch eine Gnadenfrist«, murmelte er halb belustigt vor sich hin. Er fuhr seinen BMW in die Garage, schloss das Tor und verzog sich auf sein Zimmer. Die Haushälterin war nicht da. Er packte seine Reisetasche aus, versorgte alles im hellbraunen Schrank. Die Waffe und Patronenhülse verschloss er in seinem Safe. Legte sich aufs Bett und döste vor sich hin. Mit warmem Herzen dachte er an Finja. Wie wird Isabelle es wohl aufnehmen. Grimmig dachte er auch an den Toten.

Nein, ich gehe nicht zur Polizei, dachte er trotzig. Als es plötzlich klingelte, schoss Fritz hoch, setzte sich auf, verschränkte die Arme. *Merkwürdig, wer klingelt da?* Isabelle und die Haushälterin haben einen Schlüssel. Langsam kam er die Treppe herunter. Er sah keinen Grund, sich zu beeilen. Es klingelte nochmals. Diesmal etwas länger.

»Ich komm ja schon«, murrte er. Öffnete die Haustür und stutzte. Zwei Polizisten in hellblauen Uniformen mit modernen Schirmmützen und weißen Mützenüberzügen standen vor ihm. Fritz kam nicht zum Überlegen. Mit ausdruckslosen Augen fragten sie: »Sind Sie Friedrich Mächler?«

»Ja«, antwortete Fritz gespannt.

»Ihre Frau ist Isabelle Mächler-Hostettler?«

»Das stimmt. Was ist los?«, fragte Fritz immer gespannter. Ohne sichtbare Regung berichteten die Polizisten weiter. »Wir haben eine traurige Nachricht zu überbringen. Ihre Frau ist heute Vormittag auf der Kreuzung Burghaldenstraße/Blumenstraße in Rorschach durch einen tragischen Verkehrsunfall ums Leben gekommen.«

Fritz zog es den Boden unter den Füßen weg. Er musste sich am Türrahmen festhalten, sonst wäre er umgekippt. Sein Brustkorb hob und senkte sich. Er atmete schwer und sah die Polizisten nur noch verschwommen.

»Das kann nicht sein«, presste er hervor.

»Leider doch«, antworteten die Beamten mitleidig.

»Wie geschah es?«, fragte Fritz mechanisch.

»Nach dem gegenwärtigen Stand der Ermittlungen ist der fehlbare Lenker mit massiv übersetzter Geschwindigkeit aus der Wachsbleichstraße kommend in die Kreuzung gerast und direkt in die rechte Seite des Wagens Ihrer Frau gekracht, die von der Blumenstraße kommend in die Burghaldenstraße einbiegen wollte. Beide Fahrzeuge wurden durch die Wucht des Aufpralls auf den gegenüberliegenden Bürgersteig geschoben. Dabei wurde Ihre Frau aus dem Wagen geschleudert, brach sich am Randstein das Genick und verstarb auf dem Weg ins Spital. Ihr Mitfahrer wurde von der Front des unfallverursachenden Wagens regelrecht erdrückt. Musste durch die Feuerwehr herausgeschnitten werden und verstarb ebenfalls auf dem Weg ins Spital.«

Fritz stand apathisch da. Sein Gehirn war vollständig leer. Leise fragte er: »Ihr Mitfahrer? Wer war das?«

»Ein Kunstmaler aus Rorschach. Wohnhaft in der Mühlstraße.«

Fritz drehte sich um, schwankend ging er zurück in die Halle. Während der eine Polizist ihm folgte, blieb der zweite an der Tür stehen. Fritz nahm beim Telefon, das neben der Treppe auf einem dunkelbraunen Tischchen stand, die Adressliste und wandte sich zum Polizisten:

»Ich muss die Haushält …«, begann er, dann sackte er zusammen.

Der Beamte fing ihn auf, setzte ihn auf den Stuhl neben dem Telefon, winkte seinem Kollegen: »Ruf die Sanität. Ich versuche, die Haushälterin zu erreichen.«

Der zweite Beamte lief zum Streifenwagen, der auf der breiten Zufahrt vor der Garage stand und telefonierte. Die Haushälterin traf fast gleichzeitig mit der Sanität ein.

Als Fritz wieder zu sich kam, lag er auf der hellblauen Sitzgarnitur im Salon, zugedeckt mit einer Wolldecke und vollgepumpt mit Beruhigungsmittel. Die Polizisten verabschiedeten sich. Ebenso die Sanität. Die Haushälterin betreute ihn mit Suppe, Brot und starkem Kaffee, bis Fritz wieder voll auf dem Damm war.

»Darf ich Sie diese Nacht allein lassen? Meine Tochter, die in London arbeitet, ist da. Sie hat über Christi Himmelfahrt frei bekommen«, fragte die Haushälterin.

»Ja, natürlich gehen Sie nur. Mir geht es wieder gut. Herzlichen Dank, dass Sie so schnell gekommen sind.«

»Gern geschehen. Ich werde morgen meinen Dienst wie gewohnt aufnehmen.«

»In Ordnung« antwortete Fritz. Und die Haushälterin verabschiedete sich. Nun lag er also im Bett und starrte zur Decke.

»Isabelle«, murmelte er vor sich hin. »Warum haben wir gestritten?« Es ging wie immer um das leidige Thema Kinder. Fritz hätte gerne Kinder gehabt. Doch Isabelle wollte keine.

»Du bist mit vierunddreißig noch nicht zu alt«, warf er ihr vor.

»Kommt überhaupt nicht in Frage. Darüber wird nicht mehr gesprochen.« Wütend war sie vom Frühstückstisch aufgestanden. »Ich fahre nach Rorschach, dann tu ich etwas Nützliches.«

Sie verschwand und er sah sie nie wieder. Fritz fuhr sich mit der Hand über die Stirn. Sie war heiß. Er horchte auf die Geräusche im Nebenzimmer, ob Isabelle darin rumorte. Sie war nie die Leiseste. Doch jetzt blieb es still. Abermals fuhr er sich mit der Hand über die Stirn. Der fremde Mann ging ihm durch den Kopf. Kunstmaler. Was hatte Isabelle, die nur wenige Bilder besaß, mit einem Kunstmaler zu tun? Hatte sie ihn einfach so mitgenommen? Oder war es etwa ihr Geliebter? Bei diesem Gedanken atmete Fritz schwer. Er wusste, seine Ehe war zerfahren. Viel hatte seine verstorbene Schwiegermutter, die ihn nie leiden konnte, dazu beigetragen.

»Isabelle hätte etwas Besseres bekommen als dich«, warf sie ihm immer vor. Das hatte ihre Ehe belastet. Abermals starrte er zur Decke. Weit nach Mitternacht schlief er endlich ein. Die Beruhigungsmittel wirkten. Erst um 9.30 Uhr am Freitagmorgen erwachte er, stand auf, duschte und rasierte sich. Zog den schwarzen Pulli und schwarze Hose an, trat aus dem Zimmer, der Staubsauger surrte. Die Haushälterin schaltete das Gerät aus und fragte freundlich: »Guten Morgen, Herr Mächler. Möchten Sie frühstücken?«

Fritz schaute auf seine Uhr. »Es ist zwar spät. Aber ja.«

Die Haushälterin reichte ihm freundlich die Hand. »Ich kondoliere Ihnen herzlich. Im Trubel von gestern kam ich gar nicht mehr dazu. Wie geht es Ihnen heute?«

»Vielen herzlichen Dank. Den Umständen entsprechend gut.«

»Der Notarzt hat noch Pillen dagelassen. Eine pro Tag sollen Sie nehmen.« Die Haushälterin reichte ihm das Säckchen und ging in die Küche.

In den nächsten Tagen bereitete Fritz Isabelles Beerdigung vor. Mit Ausnahme des Sonntags, wo es regnete, waren es schöne Frühlingstage. Die Sonne schien warm auf die Dächer und Grünanlagen der Stadt. Das tat seinem Gemüt gut. Von Rorschach erhielt er die Meldung, dass die sterblichen Überreste seiner Frau eingeäschert und dem zuständigen Friedhof überwiesen wurden. Hottingen meldete, dass die Beerdigung auf Dienstag, den 22. Mai, um 10 Uhr angesetzt war. Als er am Dienstagvormittag als Erster im Witikon Friedhof eintraf, senkten gerade ein Friedhofbeamter und ein Arbeiter Isabelles Urne ein. Als sie erfuhren, wer Fritz war, sprachen sie ihm ihr Beileid aus. Der Beamte meinte leise: »Sie sind viel zu früh. Trinken Sie im Verwaltungsgebäude noch einen Kaffee.«

»Nein danke, das brauche ich nicht«, wehrte Fritz ab.

Am Morgen hatte er sicherheitshalber die letzte Pille geschluckt, die er von der Haushälterin, im Auftrag des Notarztes, erhalten hatte. Jetzt stand er einen kurzen Moment ganz allein vor dem frischen Grab und nahm Abschied. Tränen liefen über sein Gesicht. Verschwommen betrachtete er den Schriftzug am

Holzkreuz: Isabelle Mächler-Hostettler 1972–2007. Dann begann sich der Parkplatz zu füllen. Isabelles Freundinnen, die Haushälterin, der Pfarrer, Damen und Herren aus dem Villenquartier der Aurorastrasse, die Isabelle kannten. Mechanisch ließ er alles über sich ergehen. Hände schütteln, Beileidsbekundungen, den Trauergottesdienst und die vielen Reden. Als er am späteren Nachmittag als Letzter den Saal vom Hotel Storchen verließ, in dem das Trauermahl stattgefunden hatte, atmete er plötzlich befreit auf. Er war froh, dass die Beerdigung vorbei war. Und er hoffentlich wieder ruhig schlafen konnte.

An Pfingsten klingelte das Telefon in seinem Zimmer. Er nahm ab.

»Fritz Mächler.«

»Finja Hess. Fritz, du fehlst mir.«

Fritz erschrak. Finja und Bümpliz hatte er komplett vergessen.

»Entschuldige, meine Frau ist an Christi Himmelfahrt mit ihrem Wagen tödlich verunglückt.«

»Ach, du liebe Güte. Das wusste ich nicht. Mein herzliches Beileid. Wie geht es dir?«

»Danke, den Umständen entsprechend gut.« Und plötzlich fiel Fritz ein, wie Finja ihn noch gewarnt hatte: *Fahre vorsichtig, es hat Unfälle gegeben,* und dass sie auch den Ort Rorschach erwähnte.

»Eigentlich wollte ich dich für morgen einladen.«

»Lieber nicht. Der Tod meiner Frau ist noch zu frisch. Das musst du verstehen.«

»Das verstehe ich.« Finja schluckte und fragte: »Hast du es mitbekommen?«

»Was denn?«

»Am Donnerstag hat die Bümpliz er Polizei den Bruder des Getöteten verhaftet. Sie haben bei ihm ein Gewehr und eine Pistole gefunden. In der Pistole fehlte eine Kugel des Kalibers 9 Millimeter. Als sie ihm beim Verhör sagten, dass sein Bruder erschossen wurde, lachte er nur. ›Um diesen Schweinehund ist es sowieso nicht schade. Der hat mir immer alle Mädchen ausgespannt.‹ Als die Beamten ihn zwei Stunden lang in die Zange nahmen, hat er behauptet: ›Ich habe vor einer Woche ein Kaninchen erschossen.‹ ›Mit einer 9 Millimeter Kugel? Und das sollen wir glauben. Geben Sie es endlich zu, Sie haben Ihren Bruder erschossen.‹, bohrten die Beamten. ›Ja, ich gebe es zu, für diese gute Nachricht gehe ich gerne für ein paar Jahre auf Staatskosten in den Knast‹, hat er geprahlt. Sein Verteidiger glaubt diese Aussage nicht und will nun erwirken, dass sein Mandant auf seinen Geisteszustand untersucht wird. Ja, sogar der Staatsanwalt ist misstrauisch geworden. Es ist zu offensichtlich, dass da etwas nicht stimmen kann. Nun wird weiter ermittelt.«

»Das wusste ich nicht«, antwortete Fritz. »Wegen des Unfalls und der Beerdigung habe ich gar nicht mehr daran gedacht.«

»Trotz all dem hast du etwas Gutes getan. Dafür liebe ich dich.«

»Ich dich auch, Finja. Ich dich auch. Aber lass mir ein bisschen Zeit.«

»Einverstanden.« Zufrieden hängte sie ein.

5. Kapitel

Die Tage vergingen. Langsam gewöhnte sich Fritz an das Leben ohne Isabelle. Dass es meistens still war und niemand mehr im Haus herumrumorte, tat ihm gut. Doch wenn er abends nach Hause kam, Fritz arbeitete als Büroangestellter in einer kleinen Glaserei in der Innenstadt, ging er immer mit klammem Herzen an Isabelles Zimmer vorbei. Obwohl die Haushälterin jeden Mittwoch und Freitag das Zimmer lüftete, die Blumen goss und die Böden saugte, wagte er nicht, das Zimmer zu betreten.

Er hatte auch nur wenig Zeit zum Nachdenken. Isabelles gesamte Post kam nun zu ihm. Er musste sich mit Sachen herumschlagen, die er zum Teufel wünschte. Das Tierheim und die Pflegekinderstiftung baten um Geld. Fritz schüttelte den Kopf und murmelte: »Seltsam, Kinder wollte sie keine, aber die Pflegekinderstiftung hat sie unterstützt.«

Von einer Autoverwertung in Rorschach erhielt er 40 Franken in bar, für Isabelles schrottreifen Golf. Sonst aber musste er meistens bezahlen. Die Beerdigung kostete viel Geld. Obwohl die Schuldfrage über die Versicherung des fehlbaren Lenkers, der überlebte, lief. Auch drückte ihn die bange Frage, ob er die Villa mit seinem bescheidenen Gehalt halten konnte.

An einem scheußlichen Regentag erhielt er einen großen grauen Briefumschlag.

Doktor Heinrich Schärer Rechtsanwalt und Notar. Das ist doch Isabelles Anwalt, was will der von mir? fragte er sich beklommen. Sein Gesicht veränderte sich zu einem großen Staunen, als er las: »Sehr geehrter Herr Mächler, ich bitte Sie höflichst sich am Dienstag, 12. Juni 2007, um 10 Uhr vormittags in meiner Kanzlei am Paradeplatz 8b hier in Zürich im fünften Stock einzufinden, zwecks Eröffnung des Testamentes Ihrer verstorbenen Gattin. Mit hochachtungsvollen Grüßen, Doktor Heinrich Schärer, Notar.«

»Ich wusste gar nicht, dass Isabelle ein Testament gemacht hat. Sie hat nie etwas gesagt«, murmelte er vor sich hin.

Fritz schlief nicht sehr gut in dieser Nacht. In seinem Traum schwirrten viele Hunderternoten um ihn herum, aber jedes Mal, wenn er eine fassen wollte, entglitt sie ihm. Am nächsten Tag verlangte er in der Glaserei ein paar Tage Ferien. Sie wurden ihm gewährt.

Der 12. Juni war ein warmer Vorsommertag. Die Sonne schien klar vom blauen Himmel, als Fritz mit gemischten Gefühlen zur angegebenen Adresse fuhr. Das Gebäude war riesengroß mit drei Eingängen. Im klassischen Stil erbaut. Die Kanzlei lag zwischen einer Bank und einem Kaufhaus. An der großen Holztüre musste er klingeln, dann wurde ihm mit der Türautomatik aufgemacht. Im düsteren Gang staunte er über den altertümlichen schmiedeeisernen Fahrstuhl. Es klackte metallen, als er die Tür zuzog. Surrend ging es langsam in die Höhe. Im fünften Stock wartete bereits der Notar.

Doktor Schärer war ein mittelgroßer, gut gekleideter Herr mit blondem, gewelltem Haar. Freundlich begrüßte er Fritz: »Ich kondoliere Ihnen aufs Herzlichste. Es ist sicher ein schwerer Verlust?«

»Vielen Dank. Ja, das ist es«, antwortete Fritz etwas gehemmt.

»Treten Sie ein.«

Doktor Schärer führte ihn durch eine quadratische Halle mit Stuckdecke in sein Büro. Der Raum war erstaunlich groß, sehr hell und ebenfalls mit einer Stuckdecke versehen. Das Ganze erinnerte ihn an die Villa. Ein hellbrauner Schreibtisch mit einer großen Schreibplatte stand zwischen den beiden Fenstern, von denen das rechte offen stand. Auf der Platte lagen eine dunkelgrüne Schreibunterlage, Laptop, Telefon, Schreibsachen und Akten. Hinter dem Schreibtisch an der Wand hing ein Gemälde, es zeigte einen fremden Mann, ebenfalls an einem Schreibpult. Vor dem Schreibtisch stand ein vergoldeter Stuhl mit rotem Sitzkissen. Scheu blickte Fritz sich um. Links neben der Tür stand ein vergoldeter Tisch mit ebenfalls vergoldeten Stühlen. Rechts neben der Tür ein rotgoldenes Sofa und ein Büchergestell mit Fachliteratur.

»Setzen Sie sich«, forderte ihn der Notar auf und deutete auf den Stuhl vor dem Schreibtisch.

Zaghaft setzte sich Fritz. Der Notar schloss das Fenster und zog die roten Vorhänge halb zu. Das dämpfte das grelle Sonnenlicht etwas. Dann setzte er sich auf seinen großen braunen Ledersessel. Freundlich schaute er Fritz an.

»Ihre Gattin war vor gut drei Monaten bei mir und schrieb eigenhändig ihr Testament. Sie meinte, damit könne man nicht früh genug beginnen, ohne dabei wohl zu ahnen, dass ihr Leben so schnell zu Ende geht.«

Doktor Schärer nahm ein Dokument aus einem Fach und zeigte es Fritz, der nickte.

»Ich musste das Testament nach dem Tode Ihrer Gattin bereits schon bearbeiten. Deshalb ist es offen. Einfachheitshalber lese ich Ihnen das Dokument vor.«

Fritz nickte und war plötzlich nervös. Der Notar setzte seine Lesebrille auf, räusperte sich und begann zu lesen:»Testament. Ich, die unterzeichnete Frau Isabelle Mächler, geborene Hostettler, geboren 16. März 1972 in Zürich, heimatberechtigt in Bümpliz BE, verheiratet, wohnhaft Aurorastrasse 120, 8032 Zürich, bin noch gesund und rüstig. Trotzdem beherzige ich das göttliche Wort: ›Bestelle dein Haus‹. Aus diesem Grund verfüge ich hiermit letztwillig, was folgt: 1. Ich setze meinen lieben Ehemann, Herrn Friedrich Mächler, geboren 8. Mai 1957 in Zürich, wohnhaft in Zürich, Aurorastrasse 120, zu meinem Alleinerben ein. Obwohl wir uns zeitweise stritten und unsere Ehe alles andere als vorbildlich war, hat er sich immer als ehrlich und treu erwiesen, im Gegensatz zu mir. Er hat anderen auch etwas gegönnt und musste viel unter meiner Mutter leiden.«

Fritz errötete leicht, als er das hörte. Der Notar fuhr fort: »2. Meinem lieben Ehemann vermache ich die Villa samt allen Nutzungen, Pflichten und Rechten. Ebenso wie den Rest meines Vermögens, nach Abzug der Vergabungen. 3. Mein lieber Ehemann wird verpflichtet, der Pflegekinderstiftung in Zürich jährlich ein Legat von nicht unter 15 000 Franken zukommen lassen. 4. Sollte mein Ehemann vor mir sterben, vermache ich meine Villa der Pflegekinderstiftung in Zürich. 5. Dem Tierheim *Hundefrieden* in Niederhasli, Zelglistraße 10, vermache ich eine einmalige Zuwendung von 100 000 Franken. 6. Meinem lieben Andreas Schmid, geboren 1. Oktober 1962, Kunstmaler in Rorschach, Mühlstraße 18, vermache ich eine einmalige Zuwendung von 25 000 Franken. 7. Als Willensvollstrecker für den Vollzug dieses Testamentes setze ich ein: meinen Rechtsanwalt und Notar Doktor Heinrich Schärer Zürich. Insbesondere obliegen ihm die Vollstreckung dieses Testamentes. Eigenhändig geschrieben und unterzeichnet Zürich, den 26. März 2007, Isabelle Mächler-Hostettler.«

Fritz saß da wie gerädert. Scheu fragte er: »Wie geht das mit den 25 000 Franken an den Kunstmaler? Der ist doch mit Isabelle verstorben? Was ich weiß.«

»Diesen Punkt musste ich bereits bearbeiten. Aus dem Spital Rorschach kam die Meldung, dass beide Personen, Ihre Gattin und der Mitfahrer gleichzeitig nach der Kommorientenvermutung gemäß Artikel 32 Absatz 2 des ZGB verstorben sind.«

»Und was bedeutet das?«

»Beide sind gleichzeitig verstorben, aber es kann nicht bewiesen werden, wer zuerst. Dann gilt die Kommorientenvermutung und Kunstmaler Schmid ist somit nicht erbberechtigt. Sein Teil wird nun Ihrem Vermögen zugeschlagen.«

Fritz zog wie ein kleiner Bub den Kopf ein und fragte schüchtern: »Wie hoch ist mein Vermögen?«

»Sitzen Sie fest?«, fragte der Notar.

»Ja.«

»Nach Abzug aller Vergabungen, Steuern und meinem Honorar: 59 216 839 Schweizer Franken. Dazu kommen noch 1,5 Millionen Franken aus der Haftpflichtversicherung des fehlbaren Lenkers. Da er fahrlässig den Tod Ihrer Frau verschuldet hat.«

»Puh«, machte Fritz.

»Ja, es ist viel, was auf Sie zugekommen ist. Nehmen Sie einen Kaffee?«

»Sehr gerne.«

Der Notar setzte seine Lesebrille ab, legte sie auf das Pult, stand auf und ging in die Küche. Fritz hörte, wie er mit Tassen, Untertellerchen und Löffeln hantierte und die Kaffeemaschine surrte. Der starke Kaffee mobilisierte Fritz. Voller Zuversicht dachte er an die Zukunft. Als sie den Kaffee getrunken hatten, fragte der Notar: »Nehmen Sie die Erbschaft an?«

»Jawohl.«

»Dann bitte ich Sie, hier zu unterschreiben.« Fritz unterschrieb.

»Jetzt brauche ich noch Ihre Bank oder Postkonten.« Auch das übergab Fritz dem Notar.

»Spätestens in einer Woche haben Sie das Geld, das garantiere ich. Es würde mich freuen, wenn ich weiterhin Ihr Notar oder Berater in Rechtsfragen bleiben dürfte.«

»Damit bin ich einverstanden.« Fritz atmete auf. Danach bedankte und verabschiedete er sich. Wie im Traum verließ er die Kanzlei, bestieg die Straßenbahn und fuhr zum Klusplatz. Er fühlte sich federleicht, als er am Klusdörfli und dem Wald vorbei zur Aurorastrasse schlenderte. Als er die Villa erblickte, die nun seine Villa war, stieß er einen Freudenschrei aus. Es hörte ihn ja niemand auf dem einsamen Weg. Zuhause war der Tisch im Esszimmer, das zwischen der Wohnstube und dem Salon lag, gedeckt.

»Sie können gleich Essen«, rief die Haushälterin aus der Küche.

»Ich komme«, antwortete Fritz, wusch sich im Bad die Hände, dann setzte er sich an den gedeckten Platz.

Während die Haushälterin an der Anrichte das Essen schöpfte, sprach er sie geheimnisvoll an: »Frau Gubler, ich habe Ihnen etwas zu sagen.«

»Ja, bitte?« Gespannt blickte die Haushälterin Fritz an und stellte den Teller auf den Tisch.

»Ich musste heute Morgen zum Notar. Meine verstorbene Frau hat mir die Villa vermacht und ich möchte Sie fragen, ob Sie weiterhin bei mir arbeiten möchten?«

Überrascht blickte Frau Gubler Fritz an, dann glitt ein Strahlen über ihr Gesicht.

»Ich gratuliere Ihnen ganz herzlich.« Sie schüttelte Fritz die Hand. »Gerne nehme ich Ihr Angebot an.«

Zufrieden begann Fritz zu essen.

In den nächsten Tagen räumte er Isabelles Zimmer. Beim Schränke ausräumen war ihm Frau Gubler eine wertvolle Hilfe.

»Das kleine Schwarze möchte ich als Erinnerung an Isabelle behalten, ebenso die schwarzen Stiefelchen. Das andere können wir weggeben, aber wohin?«

»Ich habe im Keller große Rot-Kreuzsäcke, unten in der Ebel Straße —«

»Ist eine Kleidersammlung, die hab ich schon gesehen«, beendete Fritz den Satz und tippte sich an die Stirn.

Nachdem er zehn Säcke mit Isabelles, Kleidern und zwei mit ihren Schuhen weggebracht hatte, saß er Nächte lang an ihrem zierlichen Schreibtisch und sortierte ihre persönlichen Sachen. Die Scheu beim Betreten ihres Zimmers hatte sich restlos gelegt. Als er die wenigen Briefe zwischen Isabelle und dem Kunstmaler fand, lächelte er und verschloss sie ungelesen in seinem Pult. Schon in der ersten Nacht reifte in ihm der Entschluss: *Ich höre auf zu arbeiten und kümmere mich nur noch um die Villa.*

Mit Hilfe von Rechtsanwalt Schärer rechnete er und kündete schlussendlich seine Stellung in der Glaserei auf Ende September. Dann meldete er sich für das Wochenende bei Finja. Sie freute sich riesig. Er gab Frau Gubler frei und fuhr nach Hasle.

Liebevoll umarmten sie sich und versanken in einen innigen Kuss.

»Ach, ich hab dich vermisst«, seufzte Finja.«

»Ich dich auch, Finja. Ich dich auch. Wie geht es deinem Fuß?«

»Besser. In einer Woche sollte er geheilt und die Sehnen wieder elastisch sein. Dann kann ich wieder arbeiten. Aber erzähl, wie geht es dir? Ich bereite unterdessen das Frühstück vor.«

Fritz berichtete, was geschehen war.

»Oh, gratuliere, das hast du verdient.«

Anschließend fuhren sie nach Burgdorf zum Einkaufen.

»Hast du deine Waffe bei dir?«, flüsterte Finja im Laden.

Fritz errötete. »Nein, ich hab sie in meiner Reisetasche in deiner Wohnung gelassen. Heute brauche ich sie hoffentlich nicht«, flüsterte er ebenso leise.

In der Nacht lagen sie engumschlungen in Finjas breitem Bett. Nach vielen zärtlichen Küssen fragte Fritz plötzlich: »Weißt du etwas Neues über unseren Fall?«

»Nur, dass der Angeklagte auf seinen Geisteszustand untersucht werden soll, aber das dauert.«

»Also wenn sie ihn verurteilen, dann gehe ich zur Polizei. Ich will nicht, dass ein Unschuldiger für mich in den Knast gehen muss.«

»Unschuldig ist der nicht.«

»Finja, du weißt, was ich meine.«

»Ja, ich weiß, trotzdem sag ich's noch einmal, du hast etwas Gutes getan und dafür liebe ich dich.«

»Ich dich auch«, seufzte Fritz und mit wohligem Herzen drang er in sie ein.

6. Kapitel

Wochen und Monate vergingen. Es war kühl und unbeständig, als Fritz am Freitagabend, den 28. September, zum letzten Mal durch die blaugestrichene Tür der Glaserei auf den Hof trat. Ein lustiger Polterabend lag hinter ihm, den er zusammen mit Schinken und Hefezopf der Belegschaft zu seinem Abschied bekommen hatte. Er spürte den Wein in seinen Adern und Beinen, trotzdem war er nicht betrunken, als er vom Hof auf die Straße zur Straßenbahnstation schritt. Auf dem Heimweg dachte er an die Vergangenheit. Dreiunddreißig Jahre hatte er in der Glasi gearbeitet. In den ersten zwanzig Jahren, da er noch bei den Eltern in Schwamendingen wohnte, war sein Arbeitsweg lang und die Arbeit gefiel ihm nicht immer. Er wurde als Hilfsglaser viel ausgenutzt und schikaniert. Obwohl sich sein Arbeitsweg, als er Isabelle kennenlernte und heiratete, erheblich verkürzte, blieb die Arbeit unangenehm. Besonders als er ins Büro wechselte, vergalt der eine und andere ihm diese leichte Arbeit. Und er vermutete, dass die drei Männer, die ihn damals verprügelten aus der Glasi kamen. Aber er konnte es nicht beweisen, also schaffte er sich eine Waffe an.

»Guten Abend, Herr Mächler, wie geht es Ihnen? Sie können gleich essen«, begrüßte ihn Frau Gubler, die Haushälterin, freundlich.

Fritz nickte nur, als er Gedanken verloren in die Halle trat. Plötzlich streckte er sich, schüttelte sich und sprach mit fester, ruhiger Stimme: »Danke, Frau Gubler, mir geht es gut. Jetzt, wo ich endlich mein eigener Herr sein darf. Und deshalb möchte ich Sie bitten, dass ich am Esstisch fortan an der Stirnseite sitze.«

»Selbstverständlich, Herr Mächler, wie Sie es wünschen«, antwortete die Haushälterin und führte den Wunsch sogleich aus.

Langsam gewöhnte sich Fritz auch an dieses Leben. Er war nie ein Faulpelz gewesen, wenn er auch nicht mehr so früh aufstand wie früher. Er mähte zum letzten Mal den Rasen, machte die Rabatten winterfest und erntete im kleinen Gärtchen das letzte Gemüse. Am Martinstag fuhr er wieder einmal nach Hasle. Zweimal hatte er Finja im Sommer besucht. Ihr Fuß war unterdessen vollständig ausgeheilt. Heute war ein mehrheitlich grauer Tag. Die Hügelzüge und Wälder auf der Strecke von Zürich nach Burgdorf lagen im Nebel. In Hasle saßen Fritz und Finja, wohlig in eine Decke eingehüllt, auf dem kleinen Sofa vor dem Fernseher und verfolgten die Berner Nachrichten.

»Im Fall Bümpliz hat es eine überraschende Wendung gegeben«, begann die Sprecherin. »Gestern wurde der Angeklagte freigelassen. Nachdem er auf seinen Geisteszustand untersucht wurde und keine Unregelmäßigkeiten festgestellt worden sind, wurden seine Schuhe gründlich untersucht. Am Tatort wurden Spuren der Größe 37 gesichert. Doch keine seiner Schuhe, die Größe 43 aufwiesen, und Gummiabdrücke passten zu den gefundenen Spuren am Tatort. Dazu meldeten sich verlässliche Zeugen, darunter die Verkehrspolizei, dass der Angeklagte zur fraglichen Zeit zur Überprüfung seines Motorrollers auf dem Amt gewesen war. Insgesamt gesehen gab es also so viele Zweifel, dass er freigelassen werden musste. Ebenfalls unklar bleibt, warum der Tote eine volle Spritze mit dem Hepatitis-C-Virus in der Hand hatte. Trotz geringer Chancen wird nun in alle Richtungen weiter ermittelt.«

»Das ist gut«, meinte Fritz und legte seinen Arm fester um Finja. »Wenn sie ihn eingesperrt hätten, wäre ich zur Polizei gegangen.«

»Die hätten dir nicht geglaubt«, meinte Finja ruhig.

»Schon möglich, aber ich hätte Beweise.«

Finja lächelte aufreizend. Er küsste sie und fuhr dann fort: »Jetzt, wo wir so schön beisammen sind, möchte ich dich etwas fragen. Die Trauerzeit ist vorbei und ich bin es leid, in der großen Villa allein zu leben. Finja?« Er holte tief Luft. »Ich liebe dich. Möchtest du nach Zürich kommen und meine Frau werden?«

»Ja, sehr gerne«, flüsterte sie ihm ins Ohr.

»Ich lade dich auf Weihnachten ein.«

»Einverstanden, ich werde kommen.« Beide waren auf Wolke sieben.

»Welche Modellbahnmarke hast du?«
»Märklin, warum?«
»Lass dich überraschen.«
Als Fritz wieder in Zürich war, berichtete er seiner Haushälterin, dass er vorhatte, an Weihnachten ihr seine neue, noch junge Frau vorzustellen. Sie strahlte und meinte: »Ich hoffe, Herr Mächler, Sie gestatten mir ein offenes Wort?«
»Bitte, Frau Gubler.«
»Dieses einsame Haus braucht endlich Kinderlachen.«
Fritz errötete, drückte der Haushälterin einen Kuss auf die Wange und meinte leise: »Ich habe verstanden. Ich weiß nicht, wie es aussieht, hege aber die besten Hoffnungen. Isabelle war leider, Gott hab sie selig, auf diesen Ohren taub.«
Frau Gubler nickte. Fritz fühlte sich wie berauscht. Besonders als er Finja am Hauptbahnhof abholte und feststellte, dass sie sich auf Anhieb mit Frau Gubler verstand. So veranstalteten sie am Weihnachtstag an der Aurorastrasse eine kleine Verlobungsfeier. Fritz hatte mit Hilfe von Doktor Schärer einen Goldschmied gefunden, bei dem er zwei schöne Goldringe anfertigen ließ. Finja betrachtete den ihren, steckte ihn feierlich an den linken Ringfinger und bedankte sich mit einem Kuss bei Fritz. Die Haushälterin verwöhnte sie mit einem Weihnachtsessen. Zarter Schweinsbraten in einer cremigen Weinsauce, Bohnenbündel, mit Speck umwickelt, und Nudeln. Nachdem Kaffee verabschiedete sie sich. Als sie allein im Salon vor dem Weihnachtsbaum saßen, meinte Finja: »Seit du bei mir warst und mir den Heiratsantrag machtest, suchte ich in Zürich eine Stelle als Damenschneiderin und hab eine gefunden.«
»Wo? Und wann fängst du an?«, fragte Fritz gespannt.
»An der Wolfbachstraße in Hottingen. Am 1. März kommendes Jahr kann ich beginnen.«
»Wunderbar. Ich freue mich mit dir.«
Gemeinsam beobachteten sie, wie die Kerzen am Weihnachtsbaum niederbrannten und tauschten ihre Geschenke aus. Fritz bekam eine Schweizer Lokomotive und Finja eine Goldkette, die gut zu ihrem weizenblonden Haar passte.

Kurz nach Neujahr gaben Fritz und Finja auf dem Amt ihre Hochzeit an. Der Winter rauschte vorüber. Finja wechselte Wohnung und Arbeitsplatz von Hasle bei Burgdorf nach Zürich. Und Fritz ließ wieder mit Hilfe von Rechtsanwalt Schärer und einer seriösen Baufirma seines und Isabelles Zimmer zu einem einzigen Schlafzimmer für sich und Finja umbauen. Danach füllte er seine erste große Steuererklärung aus.

Pünktlich zum Frühlingsbeginn, am Karsamstag, nachdem Finja kurz vorher Fritz die schönste Kunde brachte, »Ich habe die Pille abgesetzt und bin in der sechsten Woche schwanger«, heirateten die beiden im Grossmünster. Finja sah bezaubernd aus im weißen Kleid und dem roten Rubin im blonden Haar. Aber auch Fritz stellte etwas dar, im dunklen Anzug, weißem Hemd und weißer Krawatte. Er verstand sich sofort mit den Schwiegereltern und seinem Schwager. Wenn er auch nicht viel von Landwirtschaft verstand. Aber die Modelleisenbahn verband die beiden. Sooft es dem Schwager möglich war, besuchte er Finja und Fritz in Zürich. Dann waren sie im Keller und fachsimpelten. Finjas Bäuchlein rundete sich langsam und ein halbes Jahr später schenkte sie einem gesunden Jungen das Leben. Fritz und Finja waren überglücklich und dachten nicht mehr an die Vergangenheit. Ihr Fall konnte nie aufgeklärt werden. Bis zum heutigen Tag.

ENDE

Der Geschichte liegen zwei Fälle zu Grunde. Erster Fall: der nicht natürliche Tod der schönen einundzwanzigjährigen Wilma Montesi vom 11. April 1953 in Ostia bei Rom. Offenbarte den größten Skandal in der Oberschicht im Italien der Nachkriegszeit. Zweiter Fall: Sommer 1965 in Zürich. Obwohl der Junge und das bedrängte Mädchen genaue Angaben über den Täter machten, ist der Fall bis heute ungeklärt.

Der Autor

Alfred Gujer, geboren 1950 in der Schweiz, ging in seinem Leben vielen Berufen nach, darunter die Landwirtschaft, Tierwärter im Züricher Zoo und Rampenarbeiter am Flughafen. Dem Schreiben widmete er sich schließlich, als er mit seinem Hund ins Altersheim eintrat. Zu seinen Lieblingsbeschäftigungen zählt er lesen und träumen. „Liebesgeschichten mit Kriminalfall" ist Gujers erstes Buch.

Der Verlag

> *Wer aufhört besser zu werden, hat aufgehört gut zu sein!*

Basierend auf diesem Motto ist es dem novum Verlag ein Anliegen, neue Manuskripte aufzuspüren, zu veröffentlichen und deren Autoren langfristig zu fördern. Mittlerweile gilt der 1997 gegründete und mehrfach prämierte Verlag als Spezialist für Neuautoren in Deutschland, Österreich und der Schweiz.

Für jedes neue Manuskript wird innerhalb weniger Wochen eine kostenfreie, unverbindliche Lektorats-Prüfung erstellt.

Weitere Informationen zum Verlag und seinen Büchern finden Sie im Internet unter:

www.novumverlag.com

Bewerten Sie dieses Buch auf unserer Homepage!

www.novumverlag.com